FVA

Pauline Delabroy-Allard

ES IST SARAH

Roman

Aus dem Französischen
von Sina de Malafosse

FRANKFURTER VERLAGSANSTALT

Im Dämmerlicht um drei Uhr morgens schlage ich die Augen auf. Ich sterbe vor Hitze, aber ich wage nicht aufzustehen, um das Fenster noch etwas weiter zu öffnen. Ich liege in ihrem Bett, in dem Zimmer, das ich so gut kenne, nah an ihrem Körper, der endlich eingeschlafen ist nach einem langen Kampf gegen die Ängste, die alles zerfressen, den Kopf, den Bauch, das Herz. Wir haben lange geredet, um sie zu vertreiben, um sie an die Grenzen der Nacht zurückzudrängen, wir haben uns geliebt, ich habe ihren Körper gestreichelt, um sie zu beruhigen. Ich habe meine Finger über ihre Schultern, dann über ihre Arme gleiten lassen, mich an ihren Rücken geschmiegt und lange ihren weichen Hintern liebkost. Ich habe ihrem schnellen Atem gelauscht und darauf gewartet, dass er leichter wurde, dass das Schluchzen nachließ, dass endlich Frieden einkehrte.

Es ist so warm im Zimmer. Ich würde mich gern ein wenig bewegen, frische Luft auf meinem Gesicht spüren. Aber ihr Körper berührt den meinen, ihre Hand liegt auf meinem Arm, und jede Bewegung könnte das Gebäude, das ich so mühsam errichtet habe, ins Wanken bringen. Ihr Schlaf gleicht einer Sandburg. Eine Bewegung, und alles stürzt ein. Eine Bewegung, und sie reißt die

Augen auf. Eine Bewegung, und ich muss von vorne beginnen. Ich höre zu, wie der Atem schlafschwer aus ihr herausströmt, und mich packt die Lust zu lachen, für einen Moment kehrt endlich die Fröhlichkeit zurück. Ich möchte die Nacht anhalten und über Stunden, über Tage ihrem Atem lauschen, denn er bedeutet *ich lebe*, er bedeutet *ich existiere*, er bedeutet *ich bin hier*. Und auch ich bin hier, neben ihr.

Mein glühender Körper regt sich nicht. Wenn ich sterben muss vor Hitze, um die Sandburg am Einstürzen zu hindern, dann will ich gern vor Hitze sterben. Draußen, in der grauen Nacht, die ich durch das Fenster sehe, singen die Vögel. Man könnte meinen, es seien Tausende, die um die Wette zwitschern, in allen Richtungen durch die Luft schießen, wie die versiertesten Kunstflieger. Diese erdrückend heiße Nacht ist ihr 14. Juli, sie zeigen ihre Flugnummer, erfinden fröhlich immer waghalsigere Manöver. In den weit entfernten Bäumen begrüßen Vorstadttauben mit durchdringenden Lauten den heraufziehenden Morgen. Ich schaue zu, wie ihre Schatten in den schmutzigen Himmel steigen. Ich komme um vor Hitze. Ich warte.

Ich betrachte ihren reglosen Körper, der ausgestreckt auf dem Rücken liegt, vollkommen nackt. Die zarten Knöchel, die hervorstehende Hüfte, den weichen Bauch und die grazilen Arme, die geschwungenen Lippen mit dem feinen Lächeln. Die Male der Krankheit auf dem geliebten Körper, die kleinen schwarzen Punkte auf dem zerstochenen Bauch, die Narbe an der Achselhöhle, das Loch unter dem Schlüsselbein. Ich schaue ihr ruhiges, ganz ruhiges Gesicht an, ihr sogar im Schlaf stolz gerecktes Kinn, ihre samtigen Wangen, die schroffe, überraschende Linie ihrer Nase, ihre endlich geschlossenen malvenfarbenen Lider. Ihren vollkommen kahlen Kopf. Im Dämmerlicht um drei Uhr morgens schaue ich ihr beim Schlafen zu.

In jener feuchten Nacht gelingt es mir nicht, meinen Blick von ihrem nackten Körper zu lösen, von ihrem wächsernen Schädel. Von ihrer Totensilhouette.

I

1.

Es geht um Sarah, ihre unerhörte Schönheit, ihre steile Nase, die einem seltenen Vogel zu gehören scheint, die unglaubliche Farbe ihrer Augen, Felsgrau, Grün, nein, nicht Grün, eher wie Absinth, wie Malachit, ein gedämpftes Grün-Grau, ihre Schlangenaugen mit den hängenden Lidern. Es geht um den Frühling, als sie in mein Leben trat wie auf eine Bühne, schwungvoll, eroberungslustig. Siegesgewiss.

2.

Es ist ein Frühling wie jeder andere, ein Frühling, der melancholisch stimmt. Auf den Pariser Plätzen blühen die Magnolien, und mir kommt der Gedanke, dass ihr Anblick jenen, die hinsehen, das Herz zerreißen muss. Mir zerreißen sie das Herz, die Magnolienblüten auf den Plätzen. Ich betrachte sie jeden Abend, wenn ich von der Schule nach Hause gehe, und jeden Abend brennen mir die großen blassen Blütenblätter ein bisschen in den Augen. Es ist ein Frühling wie jeder andere, mit plötzlichen Schauern, dem Duft des nassen

Asphalts, einer Art Schwerelosigkeit, einem Hauch von Freude in der Luft, der flüstert, wie zerbrechlich alles ist.

In jenem Frühling laufe ich wie ein Gespenst durch die Gegend. Ich führe ein Leben, das ich so nie führen wollte, ein Leben allein mit einer Tochter, deren Vater ohne Vorwarnung verschwunden ist. Eines Tages, eines Abends vielmehr, hat er die Wohnung verlassen und dann. Und dann nichts mehr. So kann es kommen, dass es von heute auf morgen, ich meine *buchstäblich* von heute auf morgen, zwischen zwei Menschen, die sich jahrelang geliebt haben, weder Blicke noch Worte, weder Gespräche noch Vorhaltungen, weder Wut noch Verbundenheit, keine Zärtlichkeit, keine Liebe mehr gibt. Dieser Wahnsinn, diese Absurdität ist mein tägliches Brot. Ich glaube, dass das Leben damit zu Ende ist. Ich erwarte nichts und niemanden mehr. Es gibt einen neuen Mann in meinem Leben, einen jungen Bulgaren. Wenn ich über ihn spreche, nenne ich ihn *meinen Lebensgefährten*. Er ist ein Gefährte, ja, er begleitet mich durch dieses leidbestimmte Leben. Ich warte. Ein Wort geht mir auf quälende Weise nicht mehr aus dem Kopf, das Wort Latenz. Ich sollte die Bedeutung im Wörterbuch nachschlagen. Ich weiß, dass ich gerade eine Latenzzeit durchlebe. Ich weiß nicht, wie lange sie andauern und welches Ereignis ihr ein Ende setzen wird. In der Zwischenzeit ist jeder Tag ein wenig wie der vorangegangene, angefüllt mit den Pflichten einer jungen Mutter, einer jungen Lehrerin, einer Tochter, einer Freundin, der

Liebhaberin des Bulgaren. Ich gebe mir Mühe, das Leben zu leben. Ich lebe nicht wirklich. Aber ich bin eine brave Schülerin. Ich sammle Fleißpunkte. Ich bin gut gekleidet, höflich, charmant. Mit dem Fahrrad, mein Kind auf dem Sitz hinter mir, radele ich durch das fünfzehnte Arrondissement. Wir gehen ins Museum, ins Kino, in den Jardin des Plantes. Ich finde mich hübsch, es heißt, ich sei nett, aufmerksam gegenüber anderen. Ich versuche, keine Wellen zu schlagen. Ich bin die Mutter eines perfekten Kindes, die Lehrerin außergewöhnlicher Schüler, die Tochter wunderbarer Eltern. Das Leben hätte noch lange so weitergehen können. Ein langer Tunnel ohne Überraschungen, ohne Geheimnisse.

3.

Ein ungestümes Klingeln, wie ein Peitschenschlag durch die steife Atmosphäre der Wohnung. Wir haben uns für Silvester in Schale geworfen, drei Paare, die sich aus den Augenwinkeln beäugen, überrascht hier zu sein, viel zu aufgetakelt. Alles ist künstlich, die Festdekoration, die Gesprächsthemen, die Aufmachung der Gäste. Alles ist wie einstudiert. Würdevoll. Verkrampft. Als es klingelt, scheinen die Möbel bei dem für sie ungewohnten Ton zusammenzuzucken. Gemurmel. Es ist Sarah, freut sich jemand. Ich weiß nicht, wer Sarah ist. Aber ja, heißt es, ihr seid euch schon begegnet. Mir werden die Umstände beschrieben. Keine Erinnerung. Die

Gastgeberin geht zur Tür. Es ist Sarah, ja. Ich erkenne sie nicht wieder.

Sie kommt zu spät, lacht, ist ganz außer Atem. Wie ein plötzlicher Wirbelsturm. Sie spricht laut, schnell, sie holt eine Flasche Wein aus ihrer Tasche, etwas zu essen, eine Fülle von Dingen. Sie legt ihren Schal ab, Mantel, Handschuhe, Mütze. Sie legt alles auf den Boden, auf den cremefarbenen Teppich. Sie entschuldigt sich, scherzt, wirbelt herum. Sie drückt sich vulgär aus, benutzt Worte, die noch lange in der Luft zu hängen scheinen, nachdem sie sie ausgesprochen hat. Sie macht zu viel Lärm. Vorher war da nichts, Schweigen, affektiertes Lachen, feierliche Mienen, und auf einmal ist da nur noch sie. Das ist ärgerlich. Die Gastgeberin in ihrer Abendrobe runzelt die Stirn. Sarah bemerkt es nicht, zur Begrüßung verteilt sie energisch Küsschen an alle. Sie beugt sich zu mir, riecht nach prickelnd kalter Dezemberluft. Sie hat rote Wangen, die ihre Eile verraten. Sie ist zu stark geschminkt. Sie ist nicht besonders gut angezogen, trägt nicht ihr schönstes Kleid, ist nicht elegant, hat ihr Haar nicht raffiniert hochgesteckt. Sie redet viel, stürzt sich auf das Glas Wein, das man ihr reicht, reagiert auf irgendeinen Spruch mit lautem Lachen. Sie ist lebhaft, exaltiert, leidenschaftlich.

Ein Moment wie in Zeitlupe. Das Glas gleitet mir aus der Hand, mein Lebensgefährte ruft Oh nein!, das Glas dreht sich in der Luft, alle schauen, niemand kann es verhindern, es ist bereits zu spät, das Glas fällt geräuschlos auf den cremefarbenen Teppich, sein gesamter Inhalt ergießt sich darauf und bildet eine abstrakte Form, Rotwein auf cremefarbenem Teppich, ein schönes minimalistisches Bild. Ich werde vor Scham zunächst blass, dann rot, die Gastgeberin in ihrer Abendrobe wird fuchsteufelswild, es ist eine Katastrophe, ein Desaster, die rote Zeichnung auf dem cremefarbenen Teppich, ein Missgeschick, ein Unfall. Eine Bresche.

Später gehen wir zu Tisch. Wir begeistern uns beim Anblick der hübschen Decke, des hübschen Geschirrs, der hübschen Menükarten. Es gibt eine Tischordnung. Wir sind zu siebt. Die Gastgeberin in ihrer Abendrobe verkündet, wer wo zu sitzen hat. Sarah wird neben mir platziert. Zu meiner Rechten.

4.

Sie ist Violinistin. Sie raucht Zigaretten. Sie ist zu stark geschminkt, aus der Nähe ist es noch schlimmer. Sie spricht laut, lacht viel, ist auf ihre Art lustig. Sie verwendet mir unbekannte Wörter. Einen ihr eigenen Jargon. Sie spielt mit der Sprache, erfindet Ausdrücke, bildet zum Spaß Reime. Sie erzählt amüsante Anekdoten, Geschichten voller überraschender Wendungen. Auf meine Bitte hin erzählt sie bereitwillig mehr. Sie ist lebendig. Im Laufe unserer Unterhaltung erfahre ich, dass sie gerne Gesellschaftsspiele spielt, in den Bergen wandern geht, mit den Menschen, die sie liebt, gemeinsam singt. Bereits seit ein paar Jahren macht sie eine Psychoanalyse. Sie legt sich auf die Couch. Sie findet es seltsam, in eisiger Stille über sich selbst zu sprechen. Aber sie geht trotzdem wieder hin, sie hält es für wichtig. Zweimal die Woche. Manchmal dreimal.

5.

Am frühen Morgen treten wir auf die Straße und gehen alle zusammen zur nächstgelegenen Metrostation. Wangenküsschen auf dem Bürgersteig, mit diesem seltsamen Gefühl des ersten Tages eines neuen Jahres. Das umgekippte Weinglas ist bereits eine großartige Anekdote, wir lassen die Szene nochmals aufleben, fügen hier und da ein Detail hinzu, das Stirnrunzeln der Gastgeberin in ihrer Abendrobe.

Mein Lebensgefährte über Sarah: »Also ehrlich, die ist vielleicht merkwürdig!«

6.

In den Tagen darauf, den ersten Tagen des neuen Jahres, schreibt sie mir. Es ist Januar, aber noch einmal geschieht das Wunder. Einmal noch gibt sich der Winter geschlagen, hängt noch ein bisschen nach, bäumt sich ein letztes Mal auf, aber es ist zu spät, es ist vorbei, der Frühling hat gewonnen. Als ich aus der Schule komme, ist der Himmel weit und bläulich, in einem leicht verwaschenen Blau, wie ein gefärbtes Stück Stoff. Harmlose Wolken ziehen vorbei. Auch der Mond sitzt zurückhaltend in einer Ecke, Tag und Nacht treffen sich wie gute Freunde, was mich leicht erschauern lässt. Die Schatten auf dem Asphalt werden täglich länger, und mein Heimweg führt mich durch unvergleichlich goldenes Licht. Die Straßen mit den Häusern aus Kalksandstein sind erfüllt vom Vogelgezwitscher, ununterbrochenem Geplapper, und man kann fast hören, wie die Knospen aus den Zweigen sprießen, grün, zart, zerbrechlich. Ich schaue zu, wie das Licht die Spitzen der Häuser rosa färbt. Wie viele Male werde ich noch das gewaltige Glück haben, bei all dem zuzuschauen? Einmal? Fünfzehn-, dreiundsechzigmal? Ist es das letzte Mal, frage ich mich, ist es das letzte Mal, dass eine neue Jahreszeit meinen Körper erzittern lässt? Sie schreibt mir in den ersten Tagen des neuen Jahres. Nur ein paar Worte zunächst, auf die ich höflich antworte. Dann mehr und mehr. Sie sagt, dass es schön wäre, wenn wir uns wiedersehen. Sie schlägt vor, ein Konzert in der Philharmonie zu besuchen. Sie schlägt vor, ins Kino, ins Theater zu gehen. Wir sehen uns einmal, zweimal, immer öfter. Der Winter schleicht sich nach und nach davon, auf leisen Sohlen, ohne einen Ton.

7.

An einem Märzmorgen schreibt sie mir, dass sie in der Nähe meiner Schule sei, fragt, ob wir zusammen zu Mittag essen wollen. Ich kann nicht. Ich habe keine Zeit, zu viel zu tun, es wäre mir unangenehm, wenn das meine Kollegen mitbekämen. Ich sage zu. Zur vereinbarten Zeit schlüpfe ich hinaus, mit merkwürdiger Freude im Bauch. Draußen ist es schön. Sie wartet an der Metrostation auf mich. Sie redet sofort los, sehr schnell, sehr laut, fuchtelt mit den Armen herum. Sie hat glänzende Augen. Sie läuft auf der Straße, kümmert sich herzlich wenig um die Autos, die sie überfahren könnten. Sie bemerkt sicher nicht, dass ich sie alle fünf Minuten am Ärmel ziehen möchte, weil sie so zerstreut wirkt, dass ich einen Unfall befürchte. Sie ist lebendig.

8.

Im koreanischen Restaurant redet sie so viel, dass die Bedienung dreimal wiederkommen muss, um die Bestellung aufzunehmen. Sie ist nie bereit. Sie erzählt mir, dass sie sich nie entscheiden könne, dass das ein Problem sei im Leben. Dass sie alles wolle und das Gegenteil. Sie erzählt, dass sie während der Streiks, die 1995 Frankreich lahmlegten, gelernt habe, in Paris per Anhalter zu fahren. Sie war in dem Jahr fünfzehn. Ich schaue sie an und höre schon nicht mehr zu, ich schaue sie an und frage mich, wie sie mit fünfzehn ausgesehen haben mochte und wie das Leben zu jener Zeit wohl war. Ein paralysiertes Paris, an manchen Tagen verstummt durch das fehlende Gedröhne der Autos in den Straßen, oder zumindest ein bisschen stiller, wie eingerostet. Paris mit einem Frosch im Hals. Und mittendrin die fünfzehnjährige Sarah, bestimmt schon mit den hängenden Augen, bestimmt schon mit ihrem Geigenkasten auf dem Rücken, wie sie im sechzehnten Arrondissement, wo sie aufgewachsen ist, wie eine Seiltänzerin auf dem Bordstein balanciert, den Daumen hochgestreckt, in der Hoffnung, dass sie jemand mitnimmt. In die Schule, ins Konservatorium, zu Freunden zum Proben. Ans Ende der Welt. So stelle ich es mir vor. Mit fünfzehn fuhr Sarah per Anhalter durch das heisere Paris, weil sie wollte, dass man sie ans Ende der Welt mitnahm. So stelle ich es mir vor, und so bleibt es mir im Gedächtnis.

Später, als sie mich zur Schule zurückbegleitet, oder vielleicht im selben Gespräch, erzählt sie mir, wie sie das erste Mal vor ihrem Vater Bier getrunken hat. Der Tag war noch nicht weit fortgeschritten, und ich glaube, dass ihr Vater sie, ihrer Erinnerung zufolge, abholte, nachdem sie eine Woche woanders gewesen war, oder sie zum Zug brachte. Es war auf jeden Fall von einem Bahnhof die Rede. So stelle ich mir die Szene vor. Sarah und ihr Vater, beide auf Metallstühlen in einem Bahnhofslokal. Es ist helllichter Tag, ich erinnere mich, dass sie das erwähnte, als sie mir ihre Erinnerung erzählte. Sie eine junge Frau, ich stelle sie mir schön vor, aber ich weiß es nicht.

Er – es ist schwierig zu sagen, wie er aussieht. Vor zwanzig Jahren war er vielleicht noch braunhaarig? Fröhlich? In Gesellschaft seiner jugendlichen Tochter zu Scherzen aufgelegt? Der größte Schatz seines Lebens, sein Augenstern, sein kleiner Liebling. Sie erzählt lachend ihre Erinnerung, ich weiß nicht, warum, aber sie lacht mit Jahren Verspätung, Jahre danach lacht sie schallend über seinen Gesichtsausdruck, als sie ihr erstes Bier bestellte, über den Stolz, den sie empfand, und ihre Selbstsicherheit. Ich stelle mir ihre großspurige Art vor, die unvergessliche Farbe des ersten Bieres, das sie unerschrocken am helllichten Tag bestellt, während sie mit ihrem Vater im Lokal sitzt. Sie teilt mit mir diese Erinnerung und lacht, hört nicht mehr auf zu lachen, lacht so sehr, dass es fast ansteckend ist. Fast zwanzig Jahre danach erzählt sie mir lachend von ihrer Unverfrorenheit.

9.

Ich frage sie, was sie unter Latenz versteht. Sie legt den Kopf ein wenig schräg, als ich ihr erkläre, dass dieses Wort wie bei einer Doppelbelichtung über den Bildern meines Lebens liegt, dass es mir nicht aus dem Sinn geht, dass ich nicht genau weiß, warum es mich nicht loslässt.

Nach kurzem Schweigen: »Das ist die Zeit zwischen zwei bedeutenden Ereignissen.«

10.

Die Tage ziehen vorbei. Der Frühling richtet sich ein, ruhig, ohne Eile. Es ist ein Frühling wie jeder andere, ein Frühling, der melancholisch stimmt. Sarah richtet sich in meinem Leben ein, ruhig, ohne Hast. Sie lädt mich ins Theater ein, ins Kino. Sie raucht in meiner Küche, an einem Abend, als ich sie zum Essen einlade. Sie erzählt mir ein Geheimnis. Sie sagt, dass es ein Geheimnis sei, das sie noch nie jemandem verraten habe. Sie bemerkt meine Verwirrung nicht. Sie schenkt mir die letzte Aufnahme ihres Streichquartetts. Eine Platte von Beethoven. Sie weiß nicht, dass ich sie in den darauffolgenden Tagen ununterbrochen höre. Sie weiß nicht, dass ich Fachliteratur über Kammermusik lese. Sie weiß nicht, dass ich alles wissen will, alles verstehen, alles kennen. Sie vermutet zu keinem Zeitpunkt, dass ich mir schreckliche Vorwürfe mache, auf dem Konservatorium keine bessere Schülerin gewesen zu sein.

Mein Lebensgefährte amüsiert sich über diese plötzliche, unerwartete und ein wenig vorschnelle Freundschaft. Ich verrate ihm nicht, dass ich, sobald ich die Wahl habe, mit ihm oder mit ihr Zeit zu verbringen, sie wähle. Um sie spielen zu hören, gehen er und ich gemeinsam zur Streichquartettbiennale in die Philharmonie. Es ist ein Sonntagnachmittag. Als wir dort eintreffen, ist der Saal voll, es sind keine Plätze mehr frei. Ich streite mich mit dem Mann an der Kasse, mache ihm schöne Augen, bettle, tobe. Mein Lebensgefährte sagt, das ist doch nicht so schlimm, wir können sie ein anderes Mal hören. Er sagt, nun komm aber, lass uns in der Sonne einen Kaffee trinken. Ich weigere mich aufzugeben. Ich heule vor Wut. Er versteht nicht, was mit mir los ist. Schließlich ergattere ich im letzten Moment zwei Plätze. Wir müssen auf Klappstühlen sitzen, weit entfernt von der Bühne. Ich kneife die Augen zusammen, um zu erkennen, was dort vor sich geht. Zum ersten Mal sehe ich die drei anderen Mitglieder des Quartetts. Als sie alle vier hintereinander auf die Bühne kommen, muss ich fast auflachen, so nervös bin ich. Zum ersten Mal sehe ich sie schön frisiert, elegant, vornehm. Sie trägt ein berückendes rückenfreies Kleid, sehr lang, schwarz. Ein Gruß ans Publikum, dann beginnen sie ihr Spiel. Es verschlägt mir den Atem. Nach dem ersten Satz des ersten Quartetts will ich schon fast applaudieren. Ich kenne die Gepflogenheiten nicht. Ich verstehe nichts. Mein Blick bleibt an der kleinen Gestalt auf der weit entfernten Bühne haften. Die Zugabe verblüfft mich. Ein Satz aus einem Quartett von Bartók, heißt es, ausschließlich als *pizzicato* gespielt. Ich verstehe nichts von dem, was ich höre. Ich applaudiere wie wild, laut und lange, bis mir die Handflächen schmerzen.

11.

Sie fragt mich, was ich an meinem freien Mittwoch ohne meine Tochter mache. Ich gehe ins Kino, allein.

Das schreibe ich ihr. Ich teile ihr den Namen des Kinos mit, die Uhrzeit der Vorstellung. Ich ertappe mich dabei zu hoffen, sie möge danach am Ausgang stehen, auf mich warten. Der Film handelt von Liebeleien, die über eine große Liebe hinwegtrösten. Ein Schwarz-Weiß-Film. Die Hauptdarstellerin ist sehr schön. Es erinnert mich an einen Film der Nouvelle Vague. Ich genieße es, allein im Kino zu sein. Ich frage mich, ob sie kommen wird. Der Film ist zu Ende. Ich laufe hastig nach draußen. Keiner da. Es regnet. Ich gehe schnell, mit gesenktem Kopf, schaue zu, wie meine Stiefel ganz von allein über das nasse Pflaster der Rue de la Verrerie eilen. Mein Telefon klingelt. Sie ist es. Sie fragt wo bist du, sie sagt ich bin in der Rue de la Verrerie, ich bin gleich da.

12.

Sie wünscht mir Glück, als ich an einem der strahlenden ersten Sonnentage zum Gericht muss. Danach, bei einem Glas Wein, fragt sie mich, wie es gelaufen sei. Sie lässt mich nicht aus den Augen, als ich ihr vom Warten erzähle, vom Richter, vom Vater meiner Tochter, die jedes zweite Wochenende bei ihm verbringen wird, von der Sonne, in der mir viel zu heiß war, mir, die ich ganz in Schwarz gekleidet war, weil ich um meine verlorene Liebe Trauer trug.

13.

Sie schlägt vor, dass ich sie in eine Theatervorstellung in der Cartoucherie begleite. Sie wartet an der Metrostation Château de Vincennes auf mich, an der Linie 1. Sie trägt wie gewöhnlich ein Kleid, das ihr überhaupt nicht steht. Sie begrüßt mich mit einem breiten Lächeln und hört während der ganzen Fahrt durch den Bois de Vincennes nicht auf zu reden. Die Nacht bricht herein. Sie redet, sie redet wie ein Wasserfall. Sie ist lebendig. Sie stellt mir Fragen zu meinem Beruf, zu dem Lycée, an dem ich unterrichte. Sie hört erst auf zu reden, als die Lichter ausgehen. Im Dunkeln berühren sich unsere Knie.

14.

Das Theater heißt: *Théâtre de la Tempête*, Sturmtheater.

15.

Das Stück hat sie aufgewühlt. Sie will unbedingt den Hauptdarsteller ansprechen. Ich beobachte, wie sie mit beeindruckender Selbstverständlichkeit an ihn herantritt. Sie redet hemmungslos auf ihn ein. Er lächelt.

Sie fragt mich, ob ich müde sei oder ob wir Zeit hätten, etwas trinken zu gehen. Sie fügt hinzu, Château de Vincennes sei nun nicht gerade der beste Ort, um etwas trinken zu gehen. Doch es gibt eine Bar, Les Officiers. Sie geht hinein. Sie nimmt Platz. Sie fragt, welches Bier es hier vom Fass gebe. Als die Bedienung mich nach meinem Wunsch fragt, sage ich, das Gleiche, genau das Gleiche. Sie wirkt traurig, ein wenig niedergeschlagen, so habe ich sie noch nie gesehen. Sie fragt, ob wir rausgehen, eine rauchen können. Sie schaut auf ihre Füße. Es ist ein wenig kalt in der schwarzen Nacht. Sie bläst Rauch in den Himmel, eine Wolke steigt zu den Wolken. Sie sieht mir tief in die Augen. Sie sagt ich glaube, ich bin in dich verliebt.

16.

Sie macht eine Bewegung, ganz leicht, weicht zurück mit einer Art Tanzschritt, sie lächelt fast, als ich stammele ach ja, das wusste ich nicht. Sie sagt, sie werde eine zweite Zigarette rauchen, um ihren Mut, ihre Kühnheit zu feiern, das Streichholzratschen in der Nacht, der Schwefelgeruch wird für immer und ewig nach dem befreienden Geständnis duften, nach der unaussprechlichen Realität, die endlich ausgesprochen wurde, nach der entblößten Wahrheit, die vor mir ausgebreitet, mir dargeboten wird wie ein Geschenk.

Schwefel zählt zur Gruppe der Chalkogene. Es ist ein häufig vorkommendes, mehrwertiges Nichtmetall, geschmacklos und nicht wasserlöslich. Schwefel ist vor allem in Form von gelben Kristallen bekannt und in vielen Mineralien enthalten, insbesondere in Vulkanregionen. Brennend verströmt es einen starken, beißenden Geruch. Schwefel ist ein Feststoff. Das chemische Element hat die Ordnungszahl 16. Elementsymbol S.

17.

Es geht um Sarah, ihre rätselhafte Schönheit, ihre steile Nase, die einem sanften Raubvogel zu gehören scheint, ihre Kieselaugen, grün, nein, nicht grün, die außergewöhnliche Farbe ihrer Augen, ihre Schlangenaugen mit den hängenden Lidern. Es geht um Sarah die Unbändige, Sarah die Leidenschaft, Sarah den Schwefel, es geht um den einen Moment, als das Streichholz ratscht, den einen Moment, als das Holzstäbchen Feuer fängt, als der Funke die Nacht erhellt, als aus dem Nichts die Flamme emporschlägt. Den einen, winzigen Moment, kaum eine Sekunde lang. Es geht um Sarah, Elementsymbol S.

18.

Soufre. Schwefel. Aus dem Lateinischen *sulfur*, der Blitz, das Himmelsfeuer. Erste Person Singular. *Je souffre.* Ich leide. Aus dem Lateinischen *suffero*, ertragen, auf sich nehmen, erdulden. Im Einzelfall auch: von jemandem für etwas bestraft werden. Eine Strafe über sich ergehen lassen.

19.

Sie überreicht mir das Geständnis wie ein Geschenk. Sie geht durch die Nacht davon. Einige Tage später sagt sie zu, als ich ihr vorschlage, ins Kino zu gehen. Es läuft ein neuer Film von Alain Resnais mit dem Titel *Aimer, boire et chanter.* Sie kommt zu früh zum Treffpunkt. Ihre Augen sind zu stark geschminkt, ihre Augen mit den hängenden Lidern. Es ist März. Sie stimmt mir zu, als ich sage, dass es bald Frühling ist. Sie hat Hunger, großen Hunger. Sie fragt, ob wir vor dem Film eine Kleinigkeit essen gehen können. Sie bestellt einen bretonischen Pfannkuchen und Buttermilch. Anschließend hat sie Lust auf ein Bier. Sie bestellt ein Glas vom stärksten. Die Bedienung fragt mich, was ich möchte. Das Gleiche, genau das Gleiche. Während wir unser Bier trinken, erzählt sie von ihrem letzten Konzert. Sie berichtet ausführlich, erklärt mir, was ich nicht verstehe. Sie ertappt meinen Blick, der sie streift, der auch das kleinste Detail ihres Körpers, ihres Gesichts erfasst. Sie fragt woran denkst du. Ich weiche ihren Fragen aus. Ich will nicht antworten. Das Geständnis liegt wie ein Geschenk zwischen uns. Mein gesenkter Blick. Darum geht es, um die durchdringende Stille und das Schweben durch Tage wie Watte, wenn man die Wahrheit verschenkt.

20.

Nach dem Film noch ein paar Biere, die stärksten der Bar, und für mich das Gleiche, genau das Gleiche. Noch ein paar ratschende Streichhölzer, die die Schlangenaugen einen kurzen Moment lang erhellen, bevor uns auf dem Bürgersteig, auf den wir zum Rauchen gegangen sind, erneut die Nacht umhüllt. Noch ein paar gleichgültig weggeschnippte Kippen. Noch ein paar Geschichten. Es ist irgendwann so spät, dass der Wirt uns rauswirft. Er will zumachen. Es ist mitten in der Nacht, und er ist müde.

Der Film *Aimer, boire et chanter* ist ein französisches Drama, mitgeschrieben und produziert von Alain Resnais. Dauer: 108 Minuten. Zur Besetzung gehören Sabine Azéma, Hippolyte Girardot, André Dussollier. Es ist Alain Resnais' letzter Film vor seinem Tod am 1. März 2014.

Ich habe keine Erinnerung daran.

Sie geht ein Stück vor mir in jener Märznacht, auf dem Boulevard du Montparnasse. Sie wirkt weniger betrunken als ich. Sie ist lebendig. Sie sieht nicht, dass ich mich bemühe, in ihren Spuren zu laufen, dass ich benebelt bin, dass das Pflaster ein wenig schwankt. Sie dreht sich plötzlich um, sehr schnell, und legt ihre Lippen auf meine.

Sie winkt ein Taxi heran. Sie streichelt meinen Oberschenkel auf der Rückbank des Wagens. Sie hat glänzende Augen. Sie geht hinter mir die zwei Stockwerke bis zu meiner Wohnung hinauf, so nah, dass ich ihren Atem an meinen Waden spüre. Sie kommt mit rein. Sie schenkt sich ein Glas Wasser ein. Sie schminkt sich neben mir ab, in meinem winzigen Bad. Der Spiegel zeigt zwei überraschte und zugleich ernste, schrecklich ernste Gesichter. Im flackernden Licht des anbrechenden Tages schlüpft sie unter die Decke, neben mich. Sie flüstert, dass sie noch nie mit einer Frau geschlafen habe. Sie fragt und du. Ich sage ich auch nicht, genauso, ganz genauso. Sie streichelt mein Gesicht, meinen Hals, meine Brüste.

21.

Ihr Parfum. Ihr Duft. Ihr Nacken. Ihr Haar. Ihre Hände. Ihre Finger. Ihr Hintern. Ihre Waden. Ihre Nägel. Ihre Ohrläppchen. Ihre Muttermale. Ihre Schenkel. Ihre

violette Vulva. Ihre Hüften. Ihr Bauchnabel. Ihre Brustwarzen. Ihre Schultern. Ihre Knie. Ihre Achseln. Ihre
Wangen. Ihre Zunge.

Sie verabschiedet sich am nächsten Morgen von mir,
an einer Straßenecke auf dem Weg zur Schule. Sie nickt
mir zu und geht davon. Sie verabschiedet sich, ohne zu
wissen, dass meine Hände zittern, dass sie den ganzen
Tag nicht aufhören zu zittern, nicht glauben können,
was sie getan, was sie berührt haben. Sie verabschiedet
sich, ohne zu wissen, dass ich am Ende des Vormittags
zum Arzt gehe, unfähig, noch weiter zu arbeiten, dass er
mich für zwei Tage krankschreibt, dass ich unter meine
Bettdecke flüchte, um in ihrem Duft zu schlafen, mitten
am Tag. Am nächsten Morgen falte ich die Krankschrei-
bung auseinander, um sie zu verschicken. Die ärztliche
Begründung lautet: Veränderter Allgemeinzustand.

22.

Eine Frau lieben: ein Sturm.

23.

An den darauffolgenden Tagen denke ich nur an
das Geschehene, die Bilder ziehen unter meinen Lidern

vorbei, sobald ich die Augen schließe. Ich hätte nicht gedacht, dass ich eines Tages den Körper einer Frau berühren und es mir wahnsinnig gefallen würde, so sehr, dass ich andauernd daran denke, Tag und Nacht. Sie ist immer in meinen Gedanken. Sie verfolgt mich, nackt, hinreißend, ein Gespenst, das meine Adern, mein Geschlecht zum Pochen bringt. Sie ist eine Offenbarung, ein Lichtstrahl, eine Epiphanie.

24.

Nicht bei ihr zu sein wird sinnlos nach der ersten Nacht.

25.

Sie schreibt mir, viel und oft. Worte hageln in unsere getrennten Leben, den ganzen Tag lang und bis spät in die Nacht. Sie schreibt mir, ich antworte, sie schreibt mir wieder. Sie stellt mir Fragen, ob mir das auch gefallen habe, ob mir das seitdem auch nicht mehr aus dem Sinn gehe. Meine Antwort: Ja, ja. Ja. Das äußere Leben existiert nicht mehr. Das tägliche Leben auch nicht. Es gibt nur noch sie. Sie, ihre Schlangenaugen, ihre Brüste, ihren Arsch.

Um mich zu sehen, wirft sie ihre Termine über den Haufen, wann immer es geht. Es läuft stets auf die gleiche Weise ab. Sie kommt zu mir, in meine Wohnung. Sie flüstert, wenn ich sie bitte, leiser zu sprechen, weil meine Tochter nebenan schläft. Sie zieht das Abendessen immer ein wenig in die Länge, kostet den süßen Moment aus, erzählt Geschichten. Sie trinkt ein Glas Wein und schaut mir unverwandt in die Augen. Sie raucht eine Zigarette am Fenster. Und dann hält sie es nicht mehr aus, kommt auf mich zu. Sie saugt meinen Duft ein, atmet mich ein. Darum geht es, um den Atem, den Schwefel, den Sturm.

Sie weiß nicht, dass sich bei ihrem Duft alles in mir zusammenzieht. Sie weiß nicht, dass mich nichts anderes mehr interessiert, nichts und niemand. Sie isst jeden Morgen ein Croissant, trinkt dazu einen Milchkaffee. Sie legt jeden Tag Mascara auf. Sie benutzt mir unbekannte vulgäre Ausdrücke. Ich nehme sie in meinen Wortschatz auf. Sie presst ihre Brüste an meine, sobald wir allein sind, und hält mich fest umklammert, als ob sie wollte, dass wir ein Körper würden. Sie geht mit ihrem Streichquartett auf Tournee. Sie reist nach Brüssel, nach Budapest. Sie schreibt mir die ganze Zeit. Sie fragt, ob unser häufiges Getrenntsein auch für mich schwer sei. Sie fleht mich an, auf sie zu warten, sie verspricht mir, so schnell wie möglich zurückzukommen. In unserem Sturm ist sie der Kapitän. Ich werde zur Seemannsfrau.

26.

Ein glücklicher Zufall im Kalender. Das Quartett
spielt in Venedig, als ich dort gerade im Urlaub bin. Ich
reise mit einer Freundin, der ich erkläre, dass eine Be-
kannte, Sarah, auch in Venedig sei, dass es doch nett
wäre, sie zu sehen. Wir vereinbaren ein Treffen an der
Piazza San Bartolomeo, an einem Aprilnachmittag. Am
besagten Tag verlieren meine Freundin und ich uns im
Labyrinth der venezianischen Gassen. Ich bekomme
Angst, dass wir zu spät kommen. Ich gehe schnell. Das
Herz schlägt mir bis zum Hals, ich habe merkwürdige
Kopfschmerzen, schmerzende Schläfen. Ich treibe meine
Freundin an, die staunend durch die Stadt schlendert.
Ich habe Sarah seit ein paar Tagen nicht mehr gesehen.
Im italienischen Licht, so weit weg von meiner Pari-
ser Wohnung, erscheint mir das, was wir seit ein paar
Wochen erleben, verschmolzene Münder, aneinander-
gepresste Körper, fast als ein Ding der Unmöglichkeit.
Es scheint auf einmal unmöglich, dass diese Sache wirk-
lich ist. Ich frage mich sogar, ob sie, Sarah, wirklich ist,
ob sie nicht meiner Fantasie entsprungen ist.

Die Piazza San Bartolomeo, manchmal Campo San
Bartolo genannt, ist ein Platz gleich in der Nähe des
Rialto. Sehr belebt und beliebt, ist er einer der favorisier-
ten Treffpunkte der Venezianer. In der Mitte des Platzes
steht eine Bronzestatue von Carlo Goldoni, einem venezianischen Dramatiker des 18. Jahrhunderts, Erschaffer
der modernen italienischen Komödie und Autor, unter

anderem, von *L'incognita*, *La putta onorata*, *La dama prudente*, *La donna stravagante*, *La donna bizzarra*, *La donna sola*.

Auf der Piazza San Bartolomeo ist niemand zu sehen. Nun ja, doch, Hunderte von Leuten, eilende Venezianer, Touristen unterschiedlicher Herkunft, Gruppen, Kinder, sicher alle glücklich, hier zu sein, in Venedig, an einem Tag im April. Aber niemand. Ich prüfe jedes Gesicht, ich finde sie nicht, ich habe es gewusst, ich habe sie erfunden, ich habe alles nur erfunden, das ist nicht wirklich, nichts davon, das ist nicht wirklich, all das, ihr Arsch, ihre Brüste, ihre Schlangenaugen.

Ich weiß nichts davon, aber sie ist zu früh am Treffpunkt, auch sie sucht mich, durchkämmt die Menge, schaut in jeden Winkel zwischen den rosafarbenen Fassaden, ihr ist zu warm in der Aprilsonne, sie hat Angst, mich erfunden zu haben, dass all das nicht wirklich ist, sie wartet, hat Bauchschmerzen. Sie sieht mich, sie durchbohrt mich mit ihrem Blick, nichts existiert mehr, nur noch unsere Blicke, die sich begegnen, auf der Piazza San Bartolomeo, unsere Körper, die sich aufeinander zubewegen wie durch eine dunkle magnetische Kraft, als wären wir verhext.

Sie gibt mir unauffällig ein Zeichen, ein Augenzwinkern, als meine Freundin einen Augenblick lang abgelenkt ist, dann steht sie auf, um zur Toilette zu gehen. Ich erhebe mich ebenfalls, gebe vor, dringend jemanden anrufen zu müssen, lasse meine Freundin, die in den Reiseführer vertieft ist, allein zurück. Sie erwartet mich, an das Waschbecken gelehnt. Ihre Lippen schmecken nach Campari, ihre Zunge nach grünen Oliven. Sie verschlingt mich. Sie murmelt endlich, endlich, endlich, endlich, endlich.

Als wir zurückkommen, kichernd und mit roten Wangen, sagt meine Freundin: »Das hat aber gedauert!«

27.

Vor ihrem Abflug hat sie eine Schnitzeljagd in Venedig organisiert. Sie hat mir Nachrichten mit Hinweisen hinterlassen, Scharaden, Rätsel, die ich lösen muss. Ich finde kleine Geschenke, die sie hier und da verteilt hat. In einer Konditorei nenne ich wie angewiesen meinen Namen. Sobald ich ihn ausspreche, serviert man mir einen frisch gepressten Orangensaft und Gebäck mit Marmelade, dazu einen Brief. Es ist Frühling, das Licht ist grausam schön, die Sonne plätschert in den Kanälen, die Stadt berauscht mich. Sie liebt mich, dort steht es schwarz auf weiß. Sie liebt mich.

28.

Sie wird bald fünfunddreißig. Sie ist fröhlich, unwiderstehlich lustig. Sie ist enthusiastisch, exaltiert, theatralisch. Alles versetzt sie in Staunen, weckt ihr Interesse. Sie lernt gerne etwas dazu. Sie ist zierlich, trägt Kleidung in Größe 36. Manchmal Größe 34. Sie vergeht vor Lust bei echtem spanischen Schinken. Sie mag Wurst ganz allgemein, Fleisch. Sie ist Fleischesserin. Sie spricht Spanisch, kennt Madrid gut, aber hegt eine besondere Liebe für Italien. Das erste Trio von Brahms gehört zu den Dingen, die sie auf der Welt am liebsten hat. Sie hat keine Geduld, für nichts. Sie will alles, und zwar sofort.

29.

Mit ihrem Streichquartett fährt sie auf Tournee durch ganz Europa. Sie schreibt mir aus Ungarn, aus Belgien, aus den Niederlanden, aus Spanien, aus Portugal, aus Italien, aus der Schweiz. Zwischen den Reisen hat sie ein paar Tage, manchmal auch nur ein paar Stunden frei, um nach Hause zu fahren, um auszupacken, einzupacken, die Noten auszutauschen, zu schauen, ob in ihrer Wohnung alles in Ordnung ist. Sie stopft alles in den Koffer, kommt lieber zu mir. Sie sagt, dass es nicht so schlimm sei, wenn sie zwischen zwei Flügen nicht nach Hause komme, dass sie, um saubere Kleidung zu haben, in der nächsten Stadt neue Sachen kaufen werde.

Sie kommt zu jeder Tages- und Nachtzeit, legt ihre dunkelblaue Lederjacke ab, zieht sich aus, wirft sich augenblicklich auf mein Bett, fällt über mich her. Am nächsten Morgen trinkt sie einen Milchkaffee, verschlingt ein Croissant. Sie überprüft ihre Abfahrtszeit, ihre Abflugzeit. Sie zieht sich an. Sie streift die Lederjacke über. Wenn sie geht, ihren Geigenkasten auf dem Rücken, den Koffer in der Hand, umarmt sie mich, vergräbt ihre Nase in meiner Halsbeuge. Sie weint jedes Mal. Zuerst ganz leise, dann immer stärker. Sie krallt sich an mir fest, sie schnieft, sie schluchzt. Ihre Wangen sind mit Mascara beschmiert, ihr ganzes Gesicht mit Rotz. Sie sagt, dass sie dieses Leben nicht mehr führen wolle, dass es keinen Sinn habe, dass sie dableiben wolle, ins Kino gehen, mit mir zu Abend essen, normale Dinge wie im normalen Leben tun. Sie betont das Wort normal. Sie hat auf einmal eine tiefe Stimme, die Stimme des Kummers. Sie streichelt über meine Wange, sie küsst mich ein letztes Mal, hinterlässt eine Mascaraspur auf meinem Blusenkragen, den Geruch nach dunkelblauem Leder auf meinen Handflächen. Und dann ist es wie immer, sie geht.

Sie kommt wieder. Wieder ist es ein Fest. Durchwachte Nächte zum Reden, zum Sichlieben, und wieder von vorne, bis die Vögel singen. Abendessen mit Wein und Zigaretten, zu viel Wein und Zigaretten. Wenn wir uns wiederbegegnen und die Küsse so lange wie möglich hinauszögern, bis sie es nicht mehr aushält, wenn sie in meinen Mund beißt wie in eine Kirsche. Heftig. Gemein.

30.

Sie liebt mich. Da steht es, in venezianischer Tinte. Schwarz auf weiß.

31.

Es ist schön, zu entdecken, dass ihr die gleichen Dinge gefallen wie mir, im Café lesen, japanisch essen, ins Theater gehen, sich in unbekannten Gassen verlaufen, Feste organisieren. Sie wohnt in Les Lilas, am Ende der Linie 11. Sie lacht, als ich ihr erzähle, dass ich eine Spezialistin für die Metrostation République geworden bin, dass ich sprichwörtlich fliege, wenn ich auf dem Weg zu ihr von der Linie 8 in die Linie 11 umsteige, denn eine verpasste Metro, und es kommt mir so vor, als ginge die Welt unter, als wäre der Verlust von drei Minuten unserer gemeinsam verbrachten Zeit unerträglich. Sie lernt meine Tochter kennen, sie taxieren sich zunächst, bevor sie sich gut und schließlich wunderbar verstehen. Sie wacht manchmal vor mir auf, verbringt Zeit mit dem Kind in der Küche, bereitet das Frühstück zu, was mich rührt und amüsiert. Es ist Frühling, das Leben ist angenehm, ich schaue nicht mehr auf die blassen Magnolienblüten, wenn ich aus der Schule komme. Sie erwartet mich in einem vor den Schülern verborgenen Winkel, es ist eine Überraschung. Sie weiß nicht, dass ich nur noch Streichermusik höre, Quartettmusik, dass ich, sobald ich einen Augenblick allein bin, in Endlosschleife die Videos schaue, in denen sie mit ihrem Quartett spielt, dass meine liebsten die sind, in denen sie die erste Geige spielt, in denen sie beim Spielen ihr ganzes Gesicht verzieht und aussieht wie ein Ungeheuer.

32.

Aus einem Medizinbuch. Latenz: zeitweiliges Verborgensein von etwas, das sich jeden Moment durch das Auftauchen von Symptomen manifestieren kann.

33.

Sie hat keine Kinder, sie weiß auch nicht, ob sie welche will. Sie liest äußerst langsam, es kommt vor, dass wochenlang der gleiche Roman auf ihrem Nachttisch liegt. Sie trägt Brille, wenn sie ins Kino geht, wenn sie Auto fährt, manchmal auch, wenn sie ihre Partituren übt. Sie hat zwei Brüder, jünger als sie. Sie hat einen Vater, der ihr den Geschmack an Feierlichkeiten vererbt hat, und eine Mutter, die ihr den Geschmack am Feiern vererbt hat. Sie liebt ihre Familie sehr. Sie ist im sechzehnten Arrondissement aufgewachsen, nicht weit von der Seine entfernt. Sie wählt links, wenn sie wählt.

34.

In jenem Frühling höre ich nur ein einziges Stück, das nicht von einem Streichquartett gespielt wird, *India Song*, gesungen von Jeanne Moreau. Bei den wenigen Tönen am Anfang, bevor ihre Stimme erklingt, muss ich weinen. Wenn sie singt, singe ich mit, ihre vom Kummer aufgeraute Stimme, die von weit her zu kommen scheint, was ich mir nicht erklären kann.

Ein Chanson, der nichts bedeutet, der mir von ihr erzählt und der mir alles sagt.

35.

Ein Fest, ein Abend, ein modernes Gebäude, eine mir unbekannte Wohnung. Zehntes Stockwerk, ganz oben in einem schmutzigen Turm. Schon im Aufzug hört man das Bumm Bumm der zu lauten Musik. Alles bebt. Sie ist zu stark geschminkt, wie immer. Es ist sommerlich warm, sie trägt ein langes rotes Kleid im Bohème-Stil. Keiner hört uns, als wir ein erstes Mal klingeln. Sie hält den Klingelknopf gedrückt, bis jemand öffnet. In der Wohnung tanzen schemenhafte Gestalten rhythmisch zur Musik. Einige ihrer Freunde sind auf dem Fest. Sie stellt mich vor. Sie nennt meinen Vornamen, zieht mich an der Hand durch die verschiedenen Räume. Sie reicht mir ein Glas. Sie trinkt. Sie trinkt viel. Sie schenkt mir jedes Mal ein, wenn sie sich selbst einschenkt. Sie ist sehr schnell betrunken. Beim Tanzen hält sie ihre Haare nach oben. Sie schaut mir in die Augen. Die Räume haben sich gefüllt, zum Tanzen ist fast kein Platz, es ist sehr warm. Sie presst ihren Körper an meinen, tanzt dicht an mich gedrängt. Sie bemerkt nicht, wie groß meine Lust ist, wie glühend, wie schmerzhaft. Sie schließt die Augen, sie öffnet sie, sie schaut mich an, sie trinkt, sie tanzt, sie drängt sich an mich. Sie raucht auf dem Balkon und spricht mit Leuten, die ich nicht kenne. Mit ihrer unnachahmlichen Art lässt sie die Asche hoch oben vom Turm fallen. Sie schaut in die Ferne, mit betrunkenen Augen, mit verrückten Augen, über den Canal de l'Ourcq am Fuß des Turms. Sie kehrt zum Fest zurück, sie trinkt, sie tanzt. Sie küsst mich stürmisch im Badezimmer, sie stöhnt unter meinen Berührungen im nicht enden wollenden Bumm Bumm. Alles bebt. Sie trinkt weiter, ihr ist schlecht. In der milden Nachtluft auf dem Balkon sagt sie, dass sie nach Hause möchte. Sie klammert sich an meinen Arm, sie hält sich nur mit Mühe auf den Beinen, sie ist betrunken. Sturzbetrunken. Nicht ein Taxifahrer will uns in sein Auto steigen lassen. Sobald sie sie sehen, heißt es, es komme nicht infrage. Sie lacht, sie weint, sie sagt, dass sie sich übergeben muss. Sie stützt sich auf mich. Als wir bei ihr sind, zieht sie das Bohème-Kleid aus. Sie ist nackt darunter, vollkommen nackt. Sie übergibt sich minutenlang, ihr Körper wird von Krämpfen geschüttelt, ihre Stirn liegt in meiner Hand. Sie lacht anschließend vor Erleichterung. Sie legt sich hin, nachdem sie geduscht hat. Sie sagt, dass es ihr leid, leid, leid

tue, dass sie alles verdorben habe, dass sie verstehe, wenn
ich sie verlassen wolle, nach dem, was passiert sei. Sie
hat nichts begriffen. In meinen Augen ist sie noch be-
gehrenswerter als zuvor.

36.

Ich fahre allein nach Hause, mit der Metro. Ich
zittere am ganzen Körper. Tage vergehen, Wochen vergehen, die zartgrünen Knospen platzen an den Ästen
auf, die sich vor dem himmelblauen Himmel abzeichnen
wie Spitze. Keine Wolke, nicht eine. Überall Blau, japa-
nisches Kirschblütenrosa an jeder Straßenecke. Keine
Melancholie, nicht ein Mal. Freude. Dieser Frühling
ist ein Fest, das länger und länger dauert. Mein Körper
kommt nicht mehr zur Ruhe. Veränderter Allgemeinzustand, länger und länger. Ich gehe meine Straße hoch,
ich laufe schneller und schneller, ich stoße meine Haus-
tür auf, schlage sie zu. Ich krame in meinem Bücher-
regal, finde schließlich das Wörterbuch, blättere fieber-
haft die Seiten um, entdecke endlich, was ich suche, und
lese es mir, ein wenig verlegen, laut vor, die Definition
des Wortes Leidenschaft.

37.

Sie trägt nur String. Fast nie BH. Sie besitzt zum Schlafen verschiedene Nachthemden, darunter ein schwarzes in einem seidenähnlichen Stoff, das schrecklich sexy ist. Sie hat immer eine Flasche Wasser bei sich, sie hat oft Durst, sie trinkt, als hinge ihr Leben davon ab, mit geschlossenen Augen, ohne Luft zu holen. Es kommt vor, dass sie in einem Zug eine ganze Flasche austrinkt. Sie tut vieles so, als hinge ihr Leben davon ab.

38.

Sie richtet sich neben mir auf, mit nackten und stolzen Brüsten, schön, auf tragische Weise schön. Die Zeit dehnt sich, kommt fast zum Stehen. Alles wird langsam und lang. Mein Herz tänzelt in meiner Brust, in meinen Adern, in meinen Schläfen. Wie sie so neben mir kniet, erinnert sie an eine Ikone, ein religiöses Bild. Fast könnte man glauben, sie bete. Sie berührt mich nicht. Sie streichelt mich mit Blicken. Gnadenmoment. Heiliger Moment. Stille. Dann schaut sie mir in die Augen und schiebt ihre Finger in mich hinein, tief, sehr tief, so tief, dass ich den Kopf drehe, die Lider senke. Sie haucht auf meine Wimpern, ihr Mund ganz nah an meinem. Sie murmelt Liebesworte, die mich durchbohren. Ihre Finger sind weit weg, in mir verloren, sie spielt tief in meinem Bauch eine Musik, die mich verrückt werden lässt.

Unter ihren Fingern windet sich mein Körper, bäumt sich meine Nierengegend auf, sie lassen nicht nach. Sie gehen immer tiefer, werden immer schneller, so gut, dass ich nur noch eine Stoffpuppe bin, eine Marionette.

39.

Les Lilas entstand am 24. Juli 1867, als die angrenzenden Gemeinden Pantin, Romainville und Bagnolet einen Teil ihrer Gebiete zusammenlegten. Es stand im Raum, die neue Gemeinde Napoléon-le-Bois oder Commune-de-Padoue zu nennen, in Anspielung auf den Herzog von Padua, der dort einmal residierte. Am Ende wurde die Gemeinde nach dem blühenden Flieder der Gärten benannt, die den Hügel im Zweiten Kaiserreich bedeckt hatten. Bis zum Gesetz vom 10. Juli 1964 war Les Lilas Teil des Departements Seine. Seit einem Verwaltungstransfer, der am 1. Januar 1968 in Kraft trat, gehört es zu Seine-Saint-Denis.

Die Gemeinde liegt in der Nähe der Station Porte des Lilas, zu der man über die Station Mairie des Lilas auf der Linie 11 der Pariser Metro gelangt. Die Postleitzahl lautet 93260. Sie besitzt 22762 Einwohner. Sie werden *Lilasiens* genannt. Sarah wohnt in der Rue de la Liberté.

Das Motto der Gemeinde lautet: *J'étais fleur, je suis cité.*

40.

Sie schafft es morgens nicht, mich zur Arbeit gehen zu lassen. Nachdem das Kind an der Schule abgesetzt ist, steigt sie neben mir in den Bus, ihre Violine auf dem Rücken. In der Straße, die am Rathaus des fünfzehnten Arrondissements vorbeiführt, bleibt sie mir auf den Fersen. Sie ist aufgekratzt, sie erzählt Unsinn, sie lacht über alles und jeden. Sie fischt händeweise Kirschen aus einer Papiertüte, die sie im Gehen hemmungslos verschlingt. Sie amüsiert sich über meine Verlegenheit, wenn sie mir zu nahe kommt, wenn ihre Hand nach meiner greift. Sie sagt was ist schon dabei, deine Schüler sind doch schnurzegal, wir bringen ihnen was bei, das ist doch nicht schlecht, oder. Sie spuckt die Kirschkerne auf die Straße. Sie sagt was ist schon dabei, glaubst du wirklich, deine Kollegen haben noch nie 'ne Lesbe gesehen. Sie schiebt mich in einen Hausflur. Sie drückt auf den Knopf des Aufzugs, zieht mich hinein, sobald er da ist. Sie presst ihren Mund auf meinen, wenn ich sage, dass das unvernünftig ist, dass ich zu spät kommen werde, dass ich das nicht tun kann. Sie sagt wenn du mich nicht vor der Schule küssen willst, müssen wir es eben woanders tun. Sie wählt das letzte Stockwerk, das elfte Stockwerk. Teppichboden, ordentlich aufgereihte Türen und gedämpfte Stimmen, die uns umschwirren. Sie drückt mich gegen die Wand, fährt mit ihrer Zunge über meine Zähne, streichelt meine Brüste. Sie riecht nach blauem Leder und stürmischer Lust.

Bei einem Abendessen, während es draußen regnet, ein feiner Frühsommerregen, erklärt sie ein paar Freunden, was *con fuoco* in einer Partitur bedeutet. Sie spricht mit fuchtelnden Händen. Sie ist selbst das Feuer, die schwankende Seele. Sie sieht aus wie ein Dämon. Sie ist zum Niederstürzen schön, zum Sterben begehrenswert.

Sie trinkt viel. Sie raucht Zigarette um Zigarette. Sie hat eine Art mich anzuschauen, die auf äußerst schmerzhafte Weise wie ein Blitz durch meinen Körper fährt. Es tut weh, so sehr begehre ich sie, so sehr brenne ich darauf, sie auf ein Bett zu werfen, ihre Hose aufzuknöpfen und meinen Mund dem zu nähern, was mich betört. Sie legt mir eine Hand in den Nacken, wenn ich ihre Scham mit meiner Zunge streichele, sie vollführt Bewegungen, die von den Hüften ausgehen und mir den Kopf verdrehen, die Umgebung zum Einstürzen bringen.

41.

Sie ist sechseinhalb, sie wartet auf mich am Ausgang der Schule, mit einem Croissant in der Hand und einem Kinderlächeln. Sie schleift mich in Konzerte mit, zum Abendessen mit ihren Freunden unter freiem Himmel. Sie folgt mir überallhin, sie verlässt mich nicht, folgt mir auf Schritt und Tritt. Sie weckt mich mit ihren Fingern, ganz tief in mir, Vorboten langer sonniger Tage. Sie hat es nie über, ihren Körper an meinem zu spüren. Sie ist so ungeniert, dass es an Respektlosigkeit grenzt. Sie fordert mehr Lachs zu ihrem Chirashi, in einem japanischen Restaurant in der Rue Monsieur-le-Prince, mit einer Stimme, die ich nicht von ihr kenne. Sie sagt ich habe schließlich ein Lachs-Chirashi bestellt, habe aber fast nur Reis auf dem Teller, wie erklären Sie mir das. Sie gibt vor, nicht zu sehen, dass ich auf dem Stuhl gegenüber vor Scham puterrot werde. Sie zwinkert mir zu, als die Bedienung mit einem Teller ansehnlicher Scheiben von frischem Lachs zurückkommt. Sie stößt ihr Glas an meines, um auf das kostenlose Festmahl anzustoßen. Sie sagt auf dich, mein Schatz, auf die Lachsorgie. Sie brüllt vor Lachen in der Comédie Française, zweiter Balkon, viel zu laut für diesen erhabenen Ort. Sie schert sich nicht um Konventionen, um Anstand. Sie ist lebendig.

Leidenschaft, Passion. Vom Lateinischen *patior*, erleiden, erdulden, ertragen. Weibliches Substantiv. In der Bedeutung von andauerndem Schmerz oder einer Folge von schmerzhaften Momenten: der Leidensakt. In der Bedeutung von Maßlosigkeit, Übertreibung, Intensität: Liebe als unwiderstehliche und grausame Anziehung, die von einem einzigen Objekt ausgeht, manchmal zur Obsession wird, zum Verlust des Sinns für Moral und Kritik sowie einer Zerstörung des psychologischen Gleichgewichts führen kann. In der Scholastik: was von jemandem ertragen wird, woran jemand gebunden ist oder wodurch jemand unterdrückt wird.

42.

Sie schenkt mir eine Platzkarte, zweiter Balkon in der Comédie Française. Das Stück heißt *Ein Sommernachtstraum*.

43.

Sie legt mitten im Gespräch auf, außer sich, mit tränenerstickter Stimme. Ein paar Stunden danach schafft sie es, in die Schule zu kommen, ich weiß nicht, wie. Sie sucht mich da auf, wo ich arbeite, wo ich an einem Tisch sitze und Bücher einschlage, mich konzentriere, um es gut zu machen, damit die Klebefolie keine Blasen auf dem Einband wirft. Sie hat eine Papiertüte mit Aprikosen dabei. Sie lässt den Blick durch den Raum schweifen. Sie setzt sich neben mich, sagt nichts. Sie begnügt sich damit, von Zeit zu Zeit ihre Hand in die Tüte zu tauchen, eine Aprikose herauszuholen, die sie mit ihren Nägeln auseinanderreißt, mit sicherer und präziser Geste, fast wütend. Sie führt die Früchte zum Mund, bietet mir keine an, nicht ein Mal. Sie stapelt die Kerne aufeinander, in einer merkwürdig wackeligen Konstruktion, die bei jeder unserer Bewegungen einzustürzen droht. Sie sagt nichts. Sie wirkt verstockt. Später, nach fast einer Stunde Stille und Handgelenken voller Obstsaft, flüstert sie fast lautlos ich glaube, ich liebe dich zu sehr.

44.

Sie hat Läuse, weil meine Tochter welche aus der Schule mitgebracht hat. Sie nimmt die Sache in die Hand, sie macht sich über mein Entsetzen lustig, sie kauft Anti-Läuse-Shampoo, sie füllt eine Maschine nach der anderen mit meinen Laken und ihren Laken, sie sagt mach dir keine Sorgen, das ist doch nicht schlimm, das wird schon. Wenn sie da ist, mache ich mir keine Sorgen.

Sie geht gegen acht Uhr abends, um Freunde zu treffen. Als sie sie gegen drei Uhr morgens wieder verlässt, ruft sie mich an, um die eine oder andere unbeendete Unterhaltung fortzuführen. Sie begreift nicht, dass sie sich verausgabt, dass sie mich verausgabt.

Ein Sommernachtstraum von William Shakespeare ist ein schwer einzuordnendes Stück, in dem sich bis zum Ende Komik und Fantastik vermischen. Der Text enthält eine Auseinandersetzung mit der Macht der Vorstellungskraft angesichts der Willkür des Gesetzes und besonders angesichts der Strenge des Familiengesetzes. Die Nacht, Ort der Unordnung, der Träume und Fantasmen, wird dem Tag gegenübergestellt, Ort der Realität, der Ordnung und der Disziplin. Die Übersetzung überträgt den Humor des englischen Dramaturgen ausgezeichnet, insbesondere in den lebendigen Dialogen am Ende von Akt V, wenn die Figur Pyramus auf die Bühne zurückkommt und, des blutbefleckten Mantels seiner Schönen ansichtig werdend, sich erdolcht, da er sie tot glaubt.

DEMETRIUS: Das war sein letzter Stich, er hat »Pieck« gespielt und das Herz ausgestochen.

LYSANDER: Jetzt kommt die Herzdame und stolpert über den ausgestorbenen Kreuzbuben.

THESEUS: Wieso Bube? Der Mann ist ein Ass, ein Aas, könnte man sagen, riecht mal, er stinkt zum Himmel. Holt den Abdecker.

45.

Der Juni vergeht schnell und der Juli zieht sich hin, zwischen meinen ersten Ferien als Lehrerin, Biertrinken in der Sonne und dem Finale der Fußballweltmeisterschaft. Von Weitem sehe ich sie hüpfen, am frühen Morgen in der Kälte der Gare Montparnasse. Sie lernt das Haus meiner Familie kennen, zwischen See und Ozean gelegen. Am ersten Abend hält der See einen überwältigenden Empfang für sie bereit, spiegelt das letzte Licht des Tages. Am Tag darauf, nach ein paar gegrillten Sardinen am Meer, schaut sie mir zu, wie ich von den grollenden Wellen überrollt werde, und sie lacht, als sie sieht, wie sehr mir das wie immer gefällt, wie sehr es mir gefällt, mich gegen die scharfkantigen Felsen werfen zu lassen, auf die kleinen spitzen Muscheln, auf der Stelle wieder hineinzustürzen, hinzufallen, aufzustehen, wieder hinzufallen. Sie kann es kaum glauben, dass ich stundenlang in den gewaltigen Wellen bleiben kann, die mich drehen und wenden, übermächtig und stark. Sie schaut zu, wie ich den Boden unter den Füßen verliere, Wasser schlucke, an nichts mehr denke, mich durchschütteln lasse, mich aufrapple, wieder durchgeschüttelt werde und stundenlang dort, in den unausweichlichen und despotischen Wogen bleibe, mit Salzwasser bis tief in den Mund, mit geschlossenen Augen, geballten Fäusten. Nachts spricht sie von den Ängsten, die sie seit ihrer Kindheit hat und die sie bestimmen. Sie flüstert unter der dicken Steppdecke.

46.

Sie geht mit ihrem Quartett auf Tournee. Sie lässt mich blutleer zurück. Sie schreibt komm zu mir, das Leben hat keinen Sinn, wenn du nicht da bist. Sie schreibt ich spiele im Château de Chambord, es ist sehr schön hier, los, komm zu mir. Sie weiß nicht, dass ich bei diesen Worten erbebe, dass ich innerhalb einer Stunde meinen Koffer packe, in dunkle Züge steige, eine siebenstündige Reise antrete, die mit einem Cappuccino in der Bar de l'Arrivée beginnt. Am Bahnhof von Montceau-les-Mines, wo streunende Hunde durch das satte und zartgrüne Gras streunen, erfahre ich aus einer von einer Bank geklauten Zeitung von Yann Andréas Tod. 14.59 Uhr, es sind noch Stunden bis zur Ankunft. Es ist sicher genau das Richtige, in der Hitze, die die Schienen am Bahnhof Moulins-sur-Allier flirren lässt, ein Schinkenbaguette zu essen und eine Limonade zu trinken, dabei ein nie gelesenes Buch von Hervé Guibert mit dem Titel *Les Aventures singulières* anzufangen, mit zusammengekniffenen Augen am ausgestorbenen Bahnsteig. Sie schreibt oh schnell mein Schatz schnell meine Liebste ich sehne mich nach dir ich brauche deine Haut. Ich renne wie verrückt nach Saint-Pierre-des-Corps, um meinen letzten Anschlusszug zu erreichen. Die Sonne geht unter, ich bin seit dem frühen Morgen unterwegs. Am Bahnhof von Blois nehme ich ein Taxi nach Chambord. Ich bin verblüfft beim Anblick des Schlosses, das plötzlich hinter einer Wegbiegung auftaucht. Sie schreibt wir sind beim Soundcheck, wir spielen das Quintett von Franck, das ist so schön, ich kann es nicht erwarten, dass du es hörst. Ich laufe über den Splitt, der zum Schloss führt, meine Reisetasche quer über der Schulter. Da steht sie, eine ganz kleine Gestalt in der Ferne, sie läuft vorsichtig über die leere Wiese, wirkt verloren in ihren Konzertschuhen, ihren Schuhen mit den hohen Absätzen, in ihrem so vornehmen, langen schwarzen Kleid. Sie umklammert mich, fängt meinen schnellen Atem mit ihren Lippen ein. Sie herrscht über Chambord, sie gebietet über mein Herz, sie regiert mein Leben. Sie ist eine Königin.

47.

Mitten in der Nacht, nach dem Konzert, nach dem geselligen Teil legt sie mich im Jagdpavillon, in ihrem Zimmer, auf das kleine Einzelbett, sie leckt lange an den

Innenseiten meiner Handgelenke, erstickt mit der Hand meine Schreie, sie verleibt sich meinen ganzen Körper ein, und auf jedem Stück Haut, das sie berührt, bleibt die feuchte Spur ihres Mundes und der Geruch ihres Speichels haften. Am nächsten Morgen hat sie im Zug nach Paris eine Arbeitsbesprechung mit ihrem Quartett, ich sitze ein Stück weiter weg und sie schaut oft zu mir rüber, sie lächelt mich an, mit einem Lächeln, das sich in meine Haut sticht wie eine Tätowierung.

48.

So ist es den ganzen Sommer über. Wenn wir zusammen sind, vergeht das Leben zu schnell, in Windeseile. Sie rennt und ich renne hinter ihr her, durch die Gänge der Metro, um rechtzeitig die Züge zu erwischen, um uns wieder zu begegnen, wenn sie zurückkommt. Sie geht und ich gehe hinter ihr her, durch die Straßen von Paris, die wir unermüdlich erkunden, sie springt auf die Daniel-Buren-Säulen vor dem Palais Royal, sie ist ein Kind, sie bestaunt die Farbe der Wolken, sie ist ein Kind. Ich liebe ein Kind. Sie schlüpft ins Badezimmer und ich schlüpfe hinter ihr her, hinter den Duschvorhang, wo ich ihren Körper wasche, wie man einen heiligen Gegenstand wäscht. Sie steht und ich stehe hinter ihr vor der Abfahrtstafel, wenn sie wieder fährt. In diesem neuen Leben, das ich neben dem ihren führe, gibt es Bahnhöfe und Züge, aber nicht für mich, niemals. Darum geht es. Züge die ganze Zeit, gebuchte Züge, pünktliche Züge, überfüllte Züge, Nachtzüge, verspätete Züge. Es gibt Flughäfen, Flugzeuge, Einstiegszeiten, Landezeiten, Gepäckbänder. Es gibt Taxis, Metros und weitere Metros. Also nicht für mich, niemals. Ich, ich begleite sie, rennend, außer Atem, das Gepäck haben wir aufgeteilt und erreichen das Gleis oft erst in letzter Minute, aber manchmal auch nicht, manchmal haben wir Zeit für einen langen Kuss, bevor die Musik ertönt, die wir so gut kennen. Abfahrt. Ich sage etwas Beruhigendes *gute Reise, nutze die Fahrt zum Ausruhen,* etwas Albernes *vergiss mich ja nicht* oder *schreib mir, versprich, dass du mir schreibst,* ich sage etwas mit den Augen und meine Lippen formen die verrücktesten *Liebedichs* meines Lebens, ich forme Herzen mit meinen Fingern, ich gehe ein Stück mit, wenn der Zug losfährt, ohne meine Augen von ihnen zu lösen, ich lache über ihre Grimassen hinter der Scheibe, und dann bleibe ich stehen und gehe, die Hände in den Taschen, in die Stadt zurück, die weitergelebt hat. Ankunft, ich warte am Gleis, mit klopfendem Herzen, ich halte Ausschau nach ihrem Gesicht, prüfe im Vorbeigehen die anderen, all die anderen, von denen mich keines interessiert, ich schaue und trete nervös von einem Fuß auf den anderen, ich will alles, und zwar sofort, ihre Gestalt, ihr Lächeln, ihre Augen, ihr Parfum, ihren Mund. Oft erfolgt die Ankunft am Abend und die Abfahrt am Morgen darauf. Oft finden wir innerhalb von vierundzwanzig Stunden auf dem Bahnsteig eines Bahnhofs wieder zueinander und verabschieden uns auf dem Bahnsteig eines anderen Bahnhofs. Manchmal am selben Bahnhof. So ist das Leben in diesem Sommer.

49.

In einem Restaurant, in dem wir zur Feier meines ersten Lehramtsjahres zu Mittag essen, sage ich meinen Eltern errötend, dass ich eine Frau liebe. Sie antworten ach ja, wie heißt sie denn.

50.

Sie folgt mir in ein Haus wie im Märchen, zu Freunden von mir, im hintersten Winkel des Aveyron. Sie staunt über den Gemüsegarten, über den Wohnwagen mitten im Feld, wo wir Mittagsschlaf halten, ihre Nase an meiner. Sie zittert, als das Gewitter näher rückt. Sie zittert, als ich ihr einen erotischen Text von Hervé Guibert vorlese. Sie lässt mir ein Bad ein, sie trocknet mir die Haare, sie küsst meine tränennassen Wangen, als der Kummer über ihre schon bald bevorstehende Abreise zu groß wird. Sie schaut mir zu, wie ich ein Zitronen-Minz-Risotto mit Zwiebeln und Haselnüssen zubereite. Sie liebt mich unermüdlich unter dem geblümten Laken, in dem in bläuliches Licht getauchten Zimmer. Sie läuft mit ihrer Jacke über dem Kopf durch den Regen, um in der Apotheke Gleitmittel zu kaufen. Sie kommt lachend zurück, sie imitiert den Gesichtsausdruck der Apothekerin. Sie sagt was für eine dumme Ziege, wenn ich Kondome gekauft hätte, hätte sie nicht mit der Wimper gezuckt. Sie legt eine Platte auf, sie besteht darauf, dass wir lernen, wie man den Boogie-Woogie tanzt, sie findet Videos, die wir lachend anschauen, wir gehen auf die Straße, um freier zu tanzen, es ist drei, es ist vier Uhr morgens. Auf dem Dorfplatz im Aveyron streckt sie die Arme aus, zählt die Schläge, eins zwei drei Ciabatta, eins zwei drei Ciabatta, sie korrigiert mich, linkes Bein und Ciabatta, und Ciabatta, sie zündet sich Zigaretten an, Schweiß zwischen den Brüsten, sie lacht, sie sagt lustig, mit dir werde ich nie müde, die Nächte sind schöner als unsere Tage.

51.

Im ausgestorbenen Haus höre ich in Endlosschleife das 13. Streichquartett von Beethoven, Opus 130. Der alte Kaffee fließt einer schwarzen Krake gleich in die angeschlagene Spüle aus angeschlagenem Porzellan, in der ich beim Abwasch meinen Kummer ertränke. Zurück bleiben zwei in der Eile der Abreise auf dem Tisch vergessene Zigaretten, und da ist noch ein Knistern, da, genau da. Die Persistenz des Sehens macht aus den rissigen Mauern des Hauses eine Leinwand für ihr Schattenspiel.

52.

Unsere Gefühle sind zu intensiv, Gewitter brechen los. Sie wird gemein, sie brüllt, bis die Wände wackeln, sie fällt auf die Knie, herzzerreißend schluchzend. Sie steht auf, schwankt, schmiegt sich in meine Arme, bittet um Verzeihung. Ein Wort zu viel, und sie beginnt erneut zu brüllen, zu sagen es geht nicht mehr es geht nicht mehr, mit den Türen zu schlagen. Sie lässt sich im letzten Moment aufhalten, wehrt sich nicht, wenn ich sie entkleide und in die Badewanne zwinge, wo ich sie unter dem erschrockenen Blick der Katze gründlich abdusche, sie weint still, während ich durch die Zähne schhhh mache, schhhh, so wie man ein zahnendes Kind beruhigt, einen ganzen Kerl mit hohem Fieber, einen alten Mann beim Sterben, nun komm, schhhhhh, jetzt beruhige dich, schhhhhh.

Das Streichquartett Nr. 13 in B-Dur, Opus 130, von Ludwig van Beethoven, wurde im Dezember 1825 vollendet und nach seinem Tod veröffentlicht. Sechs Sätze lang, endete es zu Beginn mit der Großen Fuge. Aber da das Publikum nur Unverständnis zeigte und sein Verleger darauf bestand, entschloss sich Beethoven, die Fuge vom Rest des Streichquartetts zu trennen. Im Herbst 1826 komponierte er einen Ersatzschluss, der sein letztes abgeschlossenes Werk bleiben würde. Die als fünfter Satz dienende Cavatine gilt als dramatischer Höhepunkt des Werks und als eine der ergreifendsten Melodien, die Beethoven je geschrieben hat. Heutzutage

wird das Quartett mit der Großen Fuge als Finale gespielt, da die dramatische Intensität zu hoch ist und
diesen befreienden Schluss verlangt.

53.

Mitte August fliegt sie davon, nach Istanbul, für
sechs Tage, die uns vorkommen wie eine Ewigkeit. Sie
ruft mich jeden Tag an. Sie erzählt mir von der Stadt, die
ich kenne, durch ihre Worte aber neu entdecke. Sie berichtet mir von den Stunden, in denen sie auf der Violine
übt, während ihre Reisebegleiter draußen den Bosporus
entlangflanieren. Sie wirkt enttäuscht, als ich ihr sage,
dass ich bei ihrer Rückkehr nicht da sein kann. Sie hat
keine Ahnung, dass es eine List ist. Sie kommt an, ein
wenig müde, wie mir scheint, sie ahnt nichts von meiner
Anwesenheit am Flughafen, sie ahnt nicht, dass ich inzwischen seit Stunden dort bin, herumlaufe wie ein Tiger
im Käfig, Kaffee aus allen verfügbaren Automaten am
Terminal B getrunken habe, wieder und wieder auf die
Ankunftstafel, die Metalltür, die Gesichter der Reisenden geblickt habe. Sie weiß nicht, dass ich sie beobachte,
während sie ihre Reisebegleiter verabschiedet, dass ich
jedes Stück ihres Körpers, ihres Gesichts betrachte, dass
ich lache, weil ich sie lachen sehe, dass ich am ganzen
Körper zittere bei dem Gedanken, sie gleich in meinen
Armen zu halten. Sie macht einen Satz zurück, als ich
ganz in ihrer Nähe auftauche, sie lässt ihren Koffer fal-

len, fällt mir um den Hals, bricht in Tränen aus. Im Taxi, das uns zu ihr bringt, zum Fliederbett, wickelt sie ihre Beine um meine. Am nächsten Morgen fährt sie früh wieder los, auf Tournee. Sie nimmt meine Hand, als wir durch die Gare de Lyon rennen. Sie ist zu spät, wie immer, sie hat es nicht geschafft, nach einer Nacht verzehrender Liebe rechtzeitig aufzustehen. Sie bleibt dennoch vor dem Bahnhofsklavier stehen, und mit ihrer Violine auf dem Rücken beginnt sie inmitten der Menge eine schnulzige Melodie aus den Achtzigern zu spielen, sie schlägt in die Tasten, ohne sie anzuschauen, ohne sie anzuschauen, weil sie mich anschaut, ich schäme mich und ich bin stolz, sie schaut mir direkt in die Augen und singt, laut, aus vollem Hals, inmitten der Menge, dreams are my reality.

54.

Darum geht es, um Sarah die Unbekannte, Sarah das ehrliche Mädchen, Sarah die zurückhaltende Dame, Sarah die Fantasiefrau, Sarah die bizarre Frau. Sarah die einsame Frau.

55.

Das Telefon klingelt nur einmal ins Leere, dann setzt eine Wartemelodie ein. Vivaldi. *Die vier Jahreszeiten*. Der Sommer. Schließlich sagt die Stimme eines Mannes hallo, hier der Pariser Notrufdienst. Er hört mir schweigend zu, während ich beschreibe, was mit mir geschieht, dieser scharfe, andauernde Schmerz in der Brust, linke Seite, der sich in den Arm derselben Seite ausbreitet und mich praktisch daran hindert, ihn zu bewegen. Die Stimme am anderen Ende der Leitung stellt mir recht präzise Fragen, bittet mich, verschiedene Bewegungen zu machen. Der Mann wirkt verwirrt. Er sagt bleiben Sie dran, ich werde den Belegarzt nach seiner Meinung fragen. Ich höre, wie er den Hörer hinlegt, seine schweren Schritte entfernen sich von meinem Ohr, ich warte, höre die anderen Telefonisten, die ebenfalls Fragen stellen, warte immer noch, eine ganze Weile. Die Schritte kommen zurück. Die Männerstimme sagt hallo, sagt hallo, Mademoiselle, ist es vielleicht eine Liebesgeschichte, haben Sie vielleicht, um es so auszudrücken, Herzschmerzen, oder ist Ihnen, Sie wissen schon, schwer ums Herz?

Sie schreibt komm zu mir, hier ist es noch Sommer. Sie schreibt das geht doch nicht, Sonne und Wärme ohne dich, ich höre jeden Morgen die Grillen, aber mit dir will ich aufwachen. Sie schreibt du steigst am Bahnhof von Avignon aus, ich komme dich mit dem Auto abholen, ich krieg das schon hin, los, komm meine Liebste, es ist so kompliziert, wenn wir nicht zusammen sind. Sie weiß nicht, dass ich bei diesen Worten erbebe, dass ich auf der Stelle meinen Koffer packe, dass ich in den ersten Zug nach Avignon springe. Sie wartet auf dem Bahnsteig auf mich, in einem unwirklichen, zinnoberroten Kleid, sie ist ausnahmsweise gut gekleidet, gut gekleidet und gut frisiert, überhaupt nicht billig, sie hat mir einen Kaffee mitgebracht, sie will mir einen Artikel über ihr Quartett zeigen, der in einer Zeitschrift erschienen ist, sie macht es nicht mit Absicht, aber sie klaut die Zeitschrift, sie vergisst sie im Zeitungskiosk zu bezahlen, so aufgeregt ist sie wegen unseres Wiedersehens, sie verlässt das Geschäft mit der Zeitschrift unter dem Arm, was sie zum Lachen bringt, aus vollem Hals, sie fragt was ist das mit deinem Schmerz in der Brust, kommst du uns jetzt mit Brustkrebs an, oder was, sie lacht erneut, über ihren gelungenen Witz, ich murmele nein, es ist nichts, es ist schon wieder weg, sie rennt fast bis zum Auto und ich renne hinter ihr her, das Auto ist glühend heiß vom Warten in der Sonne, die nichts verzeiht, die stark und direkt herabbrennt, sie öffnet die Fenster und legt einen Blitzstart hin, noch bevor sie sich angeschnallt hat, sie lacht aus vollem Hals, als sie auf dem Parkplatz abrupt herumdreht, die Reifen quietschen lässt, sie ruft ich beeile mich, damit sie uns nicht verfolgen, wir sind schließlich Diebinnen, sie fährt in Richtung Arles, sie seufzt, als ich mit meiner Hand ihren Oberschenkel entlanggleite, als ich ihr zinnoberrotes Kleid beiseiteschlage, um sie an der weichsten Stelle zu streicheln, der zartesten, an der oberen Innenseite, sie schließt die Augen eine Tausendstelsekunde, als ich einen Finger in ihre feuchte Scham einführe, sie drückt aufs Gaspedal und sie kommt, bei offenem Fenster, bei neunzig Stundenkilometern, in der zermürbenden Hitze des Wagens und unter dem unermüdlichen, besessenen Zirpen der Grillen.

56.

Die Kühle in der Bastei schafft Erleichterung, als wären die alten Steine darauf bedacht, jeden, der die heiligen Mauern betritt, zu erfrischen. Sie probt mit sieben weiteren Musikern. Sie hat mir gesagt, dass sie ein Oktett spielen werden, sie hat es mir am frühen Morgen in den verknitterten Laken erzählt und ich habe ihr kaum zugehört, fasziniert von dem Anblick ihres nackten Körpers im Sonnenlicht, das durch die Fensterläden fiel. Sie spielt die erste Geige. Sie wirft mir immer wieder Blicke zu, die ich vom Kreuzgang aus, wo ich sitze und Hervé Guibert lese, erwidere. Die Abtei füllt sich, die Leute drängen sich auf den kleinen Holzbänken, sie schickt mir eine Nachricht komm zu mir in die Loge, sie öffnet mir die Tür und ich gerate in einen aufgeregten Bienenschwarm, die Frauen betrachten sich im Spiegel, legen mit strenger Miene Mascara auf oder einen letzten Strich Lippenstift, der einzige Mann knöpft sein Hemd zu, während er an einem Stück Obst knabbert, alle machen Scherze, Sprüche fliegen durch den Raum. Sie bittet mich, ihr Kleid im Rücken zu schließen, ihr zu sagen, ob ihr Haarknoten richtig sitzt. Sie sagt los, geh zurück in den Saal, du findest sonst keinen Platz mehr, und sie hat recht, als ich zurückkomme, gibt es keine freien Plätze mehr, also lehne ich mich an einen der Pfeiler im Kreuzgang, im Schutz Hunderte Jahre alter Steine, sie betreten die Bühne, sie zuerst, sie hält ihre Violine und ihren Bogen in der gleichen Hand, sie bleibt stehen, sie wartet, bis die sieben anderen auf der Bühne sind, sie grüßen, stimmen ihre Instrumente, eine Pause entsteht, zwei oder drei Sekunden Leere, Hüsteln in der versammelten Menge und dann halten alle den Atem an. Sie blickt ihre Kollegen an, atmet tief ein und stürzt sich rückhaltlos in die Musik.

57.

Sie ist überrascht über die Begeisterung, die ich sofort für das Oktett entwickele, von meinem Wunsch, es pausenlos zu hören, wenn nötig in Dauerschleife, darüber, dass ich mir alle bestehenden Aufnahmen anhöre. Sie weiß nicht, dass es einer der schönsten Momente meines Lebens war, sie den vierten Satz spielen zu sehen. Sie ahnt nichts von meinen schweißnassen Händen, von meinem rasenden Puls, von den Stimmen, die wie durch Watte zu mir dringen. Und auf einmal Stille, helles Licht auf der Bühne, grelles, grausames Licht. Ein Moment der Schwebe, auf einmal im Dunkeln, auf einmal in der Stille. Und dann nichts. Einige Augenblicke lang nichts. Nur mein rasender Puls. Und dann. Und dann kommt sie auf die Bühne. Alle um mich herum, alle applaudieren. Ich höre nichts. Ich schaue sie an. Ihr langes Kleid. Ihre glänzenden Ohrringe. Ihre schimmernden Schneidezähne. Mein Vampir. Ihre Violone. Ihr Haarknoten. Ihr abwesender Blick. Mein aussetzender Atem. Die Partitur, die sie aufschlägt. Ihr Wimpernschlag, als sie sich setzt. In dröhnender Stille. Das Oktett von Mendelssohn und sie, erste Geige. Acht Körper, zweiunddreißig Saiten, alles steht still. Nichts rührt sich mehr. Das Leben ist eingefroren. Es wird hundert Jahre dauern, wie im Märchen. Doch nein. Eine Bewegung ihres Kinns, und alles beginnt zu brodeln. Sie ist eine aufflackernde Flamme, über das ganze *allegro*. Sie fährt hoch, meine Wilde, sie springt, sie stampft, sie knistert. *Con fuoco*, und nicht ich sage das. Nicht mehr ihre Violine, sie selbst ist es, die klingt. Ich möchte, dass es hundert Jahre währt, wie im Märchen, dass es nie aufhört. Und dann, im *presto*, wirft sie sich in die Brust, mein kleiner Soldat, sie zieht aus zum Kriege und ich bin ihre Gefangene, Hände und Füße gefesselt. Es sind die letzten Takte, sie richtet sich, bäumt sich auf, sie wird zum Titan. Alles vibriert, alles explodiert. Mit geschwellter Brust stolziert und triumphiert sie. Mit der Haltung derer, die sich auf den Weg machen. Sie zieht aus zum Kriege. Die Fahnen lässt sie wehn.

Sie weiß nicht, dass ihre Mutter, die in der Abtei im Publikum sitzt, mich gesehen hat, wie ich am Pfeiler des Kreuzgangs klebe und nur Augen für ihre Tochter habe, glühend vor Bewunderung und Sehnsucht, und dass ihre Mutter, die mich nicht kannte, dachte, dass die Welt, in der sie bisher gelebt hatte, sich gerade für immer gewandelt hat.

58.

Sie streift oft ihre Sandalen ab, um barfuß zu fahren. Danach hat sie von den Pedalen schwarze Fußsohlen. Sie duscht lieber morgens als abends. Sie hat lange Badminton gespielt. Wenn sie krank ist, fällt ihr das Schlucken der Tabletten schwer, sie verzieht das Gesicht und schüttelt den Kopf, damit sie ihre Speiseröhre hinunterrutschen. Sie benutzt aus der Mode gekommene Ausdrücke, ungewöhnliche und lächerlich überholte Wörter. Sie kann nicht gut tanzen, sie tanzt sogar sehr schlecht.

59.

Sie sagt ist doch scheißegal, ich werde es ihnen sagen, ich bin so glücklich mit dir, dass ich es von allen Dächern der Welt schreien will. Sie sagt sie sind meine Eltern, wenn sie mich lieben, werden sie glücklich sein, dass ich glücklich bin, das machen Eltern doch so, oder. Sie sagt schau, deine Eltern haben so gut reagiert. Sie sagt und außerdem wissen jetzt alle Bescheid, deine

Tochter, meine Brüder, unsere Freunde, ich kann es nicht mehr vor ihnen verheimlichen. Sie geht, die Blume im Gewehrlauf, zu ihren Eltern zum Essen, mich mit einer merkwürdigen Ahnung zurücklassend. Sie ruft mich ein paar Stunden später an, sie schafft es nicht, deutlich zu sprechen, so heftig weint sie ins Telefon, sie fleht kann ich zu dir kommen, sie fällt mir um den Hals, als ich die Tür meiner Wohnung öffne, sie sagt mein Schatz es war schrecklich das ist der schlimmste Tag meines Lebens sie waren unausstehlich mein Vater will mich nicht mehr sehen. Darum geht es, dass *Aimer, boire et chanter*, dass Wein, Weib und Gesang nicht in Frieden möglich sind, dass ein glückliches Leben ein Leben im Verborgenen ist.

Die vier Jahreszeiten sind vier von Antonio Vivaldi komponierte Violinkonzerte, die als Auftakt der Sammlung *Il cimento dell'armonia e dell'invenzione* dienen. Das Wagnis von Harmonie und Erfindung. *L'estate*, der Sommer, besteht aus einem *allegro*, einem *adagio* und einem *presto*, welches das *adagio* brutal unterbricht. Vivaldi hat als Hinweis für diesen letzten Satz *tempo impetuoso* notiert.

60.

Ohne Vorwarnung ist es Herbst. Sie taucht mit haufenweise Croissants auf, sie sagt kommt, meine Schätzchen, wir gehen auf den Markt. Sie küsst mich, sie bietet an, einen großen Salat zuzubereiten, sie will die ganze Zeit, wirklich die ganze Zeit, mit mir schlafen. Sie lässt mich nur in Ruhe, wenn ich krank bin. Sie plant Picknicks für uns drei im Park neben meiner Wohnung. Sie schaut in ihren Kalender, sie sagt wir sind oft auf Tournee, wir werden uns sehr selten sehen vor Weihnachten. Sie wirkt entsetzt. Sie wartet am Ausgang meiner neuen Schule mit einer Rose in der Hand oder einem Croissant oder einem Buch, eingewickelt in schönes Papier, auf das sie Liebesbotschaften geschrieben hat. Sie begleitet mich zu den Partys meiner Freunde. Sie organisiert Essen in Les Lilas mit ihren Freunden. Sie kommt vorbei, um mit mir zu Mittag zu essen, sie bringt Sandwiches und eine randvoll mit überreifen Pflaumen gefüllte Papiertüte mit, wir setzen uns direkt auf den Bordstein, in einer Straße ein wenig abseits des Viertels, in dem ich arbeite, um unser Königinnenmahl zu verspeisen. Sie küsst mich mit einem Rest Pflaumensaft im Mundwinkel. Sie ist lebendig. Sie bemerkt nicht, dass mich nichts mehr interessiert, außer die mit ihr verbrachte Zeit, dass ich deprimiert bin, dass ich meine Arbeit nicht mehr mag, dass ich mich krankschreiben lasse, so oft es geht.

61.

In Brüssel schläft sie im Gras ein, und ich schaue ihr lange beim Schlafen zu, erleichtert, dass ihre Liebe zu mir einen Augenblick pausiert, erleichtert, dass sie endlich schweigt, dass sie aufhört herumzuwirbeln. In Helsinki kauft sie sich einen langen Mantel aus grauem Kaschmir, läuft wie ein kleines Graukäppchen durch die ganze dämmrige Stadt und ich laufe ihr nach mit dem Gedanken, dass eher ich das Graukäppchen bin und sie der Wolf, so ist es, sie wird mich am Ende auffressen.

62.

An einem Sonntag spielt sie im Théâtre des Champs-Elysées. Sie hat Lampenfieber, das erste Mal, seit ich sie kenne. Das Konzert ist wunderschön und von vollendeter Anmut. Sie trifft nicht einmal meinen Blick am Ausgang, so schnell verschwinde ich, um einer Begegnung mit ihren Eltern zu entgehen. Sie weiß nicht, wie glücklich sie mich macht, als sie mir später an diesem Tag folgt, nach dem geselligen obligatorischen Mittagessen im Vorstadthaus meiner Eltern, als es Zeit ist für die Siesta. Im Bett des Gästezimmers schmiegt sie sich an mich. Es fällt mir schwer zu glauben, dass ich die Frau an mich ziehe, die vor ein paar Stunden noch auf der renommierten Bühne stand.

Sie ist ergriffen von Niki de Saint Phalles Arbeiten. Ihre Lippen schmecken nach Wasabi, als ich sie am Ausgang eines japanischen Restaurants am Boulevard de Rochechouart küsse. Sie bittet mich, im Palais Royal auf sie zu warten, ich steuere auf ein Café zu, das *L'En-tracte* heißt, ich warte lange, ich habe Angst, sie kommt nicht, dass es vorbei ist, ich gerate grundlos in Panik. Als sie endlich kommt, findet sie mich in Tränen aufgelöst vor.

Sie verschlingt mich. Sie will ständig mit mir schlafen. Sie provoziert Streit, der immer heftiger wird. Sie beißt mich. Gleich danach schlägt sie vor, einen Film von François Truffaut anzuschauen. Sie wählt *Tisch und Bett* aus.

63.

Sie reist nach Japan, auf Tournee mit dem Quartett. Sie öffnet die Geschenke, die ich ihr reiche, packt eine Taschenbuchausgabe von *Hiroshima mon amour* und Notenpapier aus. Sie lächelt, als ich sage, dass ich mir wünsche, dass sie Musik schreibt, dass ich sie für noch Höheres bestimmt glaube als das, was sie bereits hat. Ihr Schlangenblick sticht mir in den Bauch, als ich ihr sage, dass ich will, dass niemand sie vergisst, wenn sie morgen stirbt. Und dass ich dafür sorgen werde.

Am anderen Ende der Welt wird sie zu einem Schatten auf meinem Computerbildschirm. Sie sieht aus wie ein Gespenst, wenn wir uns zu den unmöglichsten Zeiten sprechen, für sie wie für mich, so groß ist der Zeitunterschied. Ihr Körper bewegt sich, aber ihr Gesicht bleibt still, sie sieht aus wie ein Picasso, wie eine lebendige Tote. Sie ruft mich von Hotelzimmer zu Hotelzimmer an. In Tokio zieht sie sich sehr langsam vor der Kamera aus. Ihre Brüste auf dem Bildschirm erscheinen mir unwirklich. Ihre Brüste sind mir das Liebste, ihre kleinen weichen Brüste sind von nie gekannter Zartheit. Sie streichelt ihren Körper, es ist eine Qual, eine süße Qual. Sie kommt, Kilometer von mir entfernt, mit offenem Mund und geschlossenen Augen, mein lebendiges Gespenst. Als sie zurückkehrt, ist es Dezember. Sie kann nicht glauben, dass seit unserer ersten Begegnung in dem schicken Apartment ein Jahr vergangen ist. Sie hat Lust, ein großes Fest zu geben, mit gemischten Freundeskreisen. Es wird ein Erfolg. Wir tanzen in ihrer Wohnung in Les Lilas bis ans Ende der Nacht. Am nächsten Morgen sucht sie beim Frühstück Streit. Sie tobt, sie brüllt mir alles ins Gesicht. Sie macht mir Angst. Als ich in ein Taxi stürzen will, um dem ein Ende zu bereiten, kratzt sie mir bei dem Versuch mich aufzuhalten mit den Nägeln die Haut vom Arm. Sie weiß nicht, dass ich blute und dass ich sie nie wiedersehen will.

Sie hat eine Cousine, die an der Pariser Oper arbeitet und uns die Werkstätten zeigt, in denen die Bühnenbilder hergestellt werden. Eine kleine Tür führt zur Bühne. Sarah geht hindurch und ich hinterher, durch einen zugleich pudrigen und herben Geruch. Kein Laut, abgesehen von ein paar gedämpften Geräuschen, die Schritte der Techniker, Leute, die in den Kulissen diskutieren. Auf der Bühne, vor den leeren, leisen Sesseln, sieht sie ganz klein aus. Entwaffnet. Harmlos.

64.

Sie geht wieder. Sie überlässt mich mir selbst, einem Leben, das mir gleichgültig ist. Sie geht wieder, erfreut, ihre Kollegen wiederzusehen, das leichte Lampenfieber vor dem Konzert, die Scherze danach. Sie lässt mich stehen, mit baumelndem Herzen. Sie weiß nicht, dass ich das Oktett von Mendelssohn in Endlosschleife höre, untätig auf meinem Bett liegend, mit schmerzender Seele. Sie geht wieder. Sie packt eilig ihre Koffer, ohne einen Blick für mich, die ich auf der anderen Seite des Bettes sitze. Sie eilt durch die ganze Wohnung, um diese Partitur, jene Unterhose zu finden. Sie verliert alles, sie regt sich auf. Sie hat es eilig, in den Zug zu steigen. Sie überlässt mich mir selbst, meinen Beschäftigungen als tadellose Mutter, als gute Lehrerin. Sie macht sich lustig.

Tisch und Bett ist ein französischer Film von 1970, Autor und Regisseur ist François Truffaut. Dauer: 100 Minuten. Zu den Darstellern zählen Jean-Pierre Léaud, Claude Jade und Hiroko Berghauer. Es handelt sich um die Fortsetzung von *Geraubte Küsse*, herausgekommen 1968. Die Abenteuertrilogie über Antoine Doinel findet später, im Jahr 1979, mit *Liebe auf der Flucht* ihren Abschluss.

65.

Manchmal wird sie verrückt. Verrückt vor Wut, dann verrückt vor Kummer. Sie beginnt zu schreien, sie wirft sich auf mich, zerkratzt mir das Gesicht mit einem monströsen Ausdruck auf ihrem. Sie ist schlimmer als die Hexe aus dem Märchen. Sie wirft mir alles Mögliche vor, ihr die Zeit zu stehlen, ihre Jugend zu stehlen, die Liebe ihrer Familie zu stehlen, ihr die Vorstellung zu stehlen, die sie von klein auf davon hatte, wie sie ihr Leben führen sollte. Sie sagt es nicht, aber ich höre es, es klingt in meinen Ohren, Diebin, Diebin, Diebin. Sie wirft mir die unmöglichsten Dinge vor, alles Unsinn, aber im Grunde, das spüre ich, wirft sie mir vor, dass ich existiere, dass ich ihr über den Weg gelaufen bin, sie wirft mir vor, dass ich eine Frau bin. Sie nimmt es mir übel, mich deswegen nicht in Frieden lieben zu können. Sie bekommt stürmische, unvergessliche Wutanfälle. Ihr kleiner Körper verwandelt sich. Sie sieht aus wie ein Tier, ein wild gewordenes Tier, sie brüllt, tiefrot im Gesicht. In solchen Momenten erinnert sie sich nicht mehr an die venezianische Liebe, an die heimlichen Küsse, die endlosen Liebkosungen. Abhilfe schafft bei ihren Ausbrüchen immer das Gleiche. Ich warte auf eine Ruhepause, zwinge sie dazu sich auszuziehen. Sobald sie nackt ist, versuche ich mich auf das zu konzentrieren, was ich zu tun habe. Sie schreit immer noch, wenn ich sie in die Dusche schiebe, die Haare fallen über ihre Augen. Sie lässt es geschehen, beruhigt sich ein wenig, sobald das Wasser über ihren Körper fließt. Ich seife sie ab, beginnend mit den Füßen, sanft gleiten meine Hände ihre Waden hoch, ich versuche, die Krämpfe in ihren Beinen zu lindern. Ich halte den Duschkopf über ihren Schädel, indem ich mich auf die Zehenspitzen stelle, ich spritze überall hin, bin klatschnass, der Boden ist klatschnass, der Badteppich ist klatschnass, sie wimmert unter dem warmen Wasserstrahl, die Wut verraucht ein wenig, sie lässt mich das Wasser abstellen und ihren Kopf mit Shampoo einseifen, sanft und dann kräftiger, mein Kiefer schmerzt von der Anstrengung, die Zähne zusammenzubeißen, in meinem Kopf spreche ich mit ihr, ich sage zu ihr du wirst dich jetzt beruhigen, ja, hör auf damit, in der Dusche spreche ich mit ihr, ich sage zu ihr nun ist es aber genug meine Liebste, es ist vorbei, alles ist gut, siehst du, es wird schon wieder, ich hole sie da raus, ich versuche so gut es geht ihren Körper zu bewegen, ich frottiere sie kräftig ab, ich wickle sie in ein Handtuch und setze sie auf den Rand der Badewanne, sie heult noch ein wenig, aber der Sturm hat sich gelegt, ich schalte den Fön ein und langsam, geduldig, bürste ich ihr Haar, bis es trocken ist. Sie lässt sich zum Bett führen, wo sie entkräftet zusammensinkt, wo ich ihr den Körper eincreme, langsam, um nicht durch eine brüske Bewegung, ein missverstandenes Wort das wilde Tier in ihr zu wecken. Sie lässt sich unter die Decke stecken, das Gesicht vom Weinen geschwollen. Ich schließe lautlos die Wohnungstür, und auf der Straße heule ich laut, mit geballten Fäusten, wie ein Wolf an einem Vollmondabend, ich heule, bis mir die Kehle brennt, ich heule, bis die Liebe auf der Flucht ist.

66.

Hiroshima mon amour ist ein Drehbuch zum Film von Alain Resnais, geschrieben von Marguerite Duras, von Gallimard 1960 erstmals veröffentlicht. Als der Film herauskommt und sie erfährt, dass das Außenministerium sich dagegen sperrt, dass der Film Teil der Auswahl des Festivals in Cannes wird, schreibt sie in einem öffentlichen Brief: »Wir wollten einen Film über die Liebe machen. Wir wollten die schlimmsten Bedingungen für Liebe darstellen, die allgemein am stärksten verurteilten, die sträflichsten, die untragbarsten Bedingungen.« Die Verbindung zwischen Liebe und Tod, die im Zentrum des Textes zu *Hiroshima mon amour* steht, ist ein Hauptmotiv im Werk von Marguerite Duras. Wie in *Der Liebhaber*, das Buch, das ihr den Prix Goncourt einbrachte, ist die Liebe zum Scheitern verurteilt.

Sie schaut mich an. Sie hat einen harten Blick hinter ihrer Brille. Hart, aber träumerisch. Sie schaut mich an, Marguerite. Marguerite Duras, auf dem Plakat der Ausstellung, die wir zusammen angeschaut haben. Auf dem Plakat steht *Ausstellung*. Auf dem Plakat steht *15. Oktober – 12. Januar*, direkt neben der Brille der Duras, die mir schöne Augen macht. Darum geht es, um Sarah, die zwischen Marguerites Zeilen schwebt. Das war im Winter davor. Auf dem Plakat steht *Porträt eines Schreibstils*. Auf dem Plakat steht *Duras Song*. Das war der Titel der Ausstellung. Sie sieht mich träumerisch an. Woran denkst du, Marguerite? Erinnerst du dich an den letzten Winter, als wir, sie und ich, spazieren gingen? Singst du, Marguerite? Auf dem Plakat steht *Duras Song*. Duras träumt und der Traum bleibt, der sanfte Winternachtstraum.

In *Hiroshima mon amour*:
SIE: Ich habe nichts erfunden.
ER: Du hast alles erfunden.

67.

Sie wartet noch manchmal am Ausgang der Schule auf mich, ein bisschen weniger oft als zuvor. Sie bringt morgens mit mir das Kind zur Schule. Sie lacht über meine Schwierigkeiten beim Aufstehen, sie sagt, ich sei ein Bär, ein brummiger Bär. Sie isst gern japanisch, fast jeden zweiten Abend. Sie isst gern Schokolade, abends zum Tee. Am liebsten dunkle. Sie hat einen so weichen Hintern, dass es mir schwerfällt, ihn nicht zu berühren, wenn wir zusammen sind. Im Bett ist es noch schwieriger. Sie schläft gern morgens mit mir, noch halb im Schlaf.

68.

Der Winter ist zurück. Sie sagt, sie kann diese Jahreszeit nicht ausstehen. Eines Morgens, als sie sehr früh rausmuss, um auf Tournee zu gehen, laufen wir durch dicke Schneeflocken. Darum geht es, um frühe Morgenstunden in dunkler Januarnacht, das orangefarbene Licht der Straßenlaternen, die schwarzen Straßen in Les Lilas, Sarahs Gestalt, diese vertraute Gestalt mit dem Geigenkasten auf dem Rücken und den zierlichen Beinen darunter, dem Koffer, den sie mit der rechten Hand zieht, die Kapuze über dem Kopf. Sie öffnet ein wenig den Mund, um Flocken auf die Zunge zu bekommen, sie lacht, sie hat eine rote Nase, weiße Wimpern, sie schaut mich an und sagt das ist so schön, nicht wahr, meine Liebste. Um das zu feiern, besteht sie darauf, dass wir auf die Öffnung der Bäckerei warten, um punkt sechs Uhr geht sie hinein und kommt triumphierend mit zwei Croissants wieder heraus. Darum geht es, um das leuchtende Leben in allen Lebenslagen. Wir rennen, um die Metro zu bekommen, und im losfahrenden Zug, endlich im Warmen, beißen wir in das Gebäck, mit steif gefrorenen Händen, mit Rotz an der Nase.

Sie besteht darauf, mit mir und meiner Tochter in den Urlaub zu fahren. Sie weiß nicht, dass ich lieber allein gefahren wäre, dass ich von dieser Sache erschöpft bin, von ihrer Präsenz in meinem Leben. Im Nachtzug hat sie die Liege mir gegenüber, im oberen Teil. Sie lässt ihr Lämpchen brennen. Als das Kind schläft, direkt unter uns, auf einer der mittleren Liegen, schiebt sie langsam das Laken der SNCF von ihrem Körper, sie schaut mir in die Augen und streichelt langsam ihre Brüste.

69.

Es ist ein Frühling wie jeder andere, ein Frühling, der melancholisch stimmt. Ein Jahr ist vergangen, ein Jahr der Musik, ein Jahr der Schauer, ein Jahr des Schwefels. Sie sagt, dass sie mich verlassen wolle, dass das Leben, das wir führen, zu turbulent sei, dass es einem Sturm gleiche. Der Kapitän geht von Bord. Sie weiß nicht, dass ich jeden Morgen unter der Dusche weine, dass ich jeden Abend Bauchschmerzen habe, dass ich nicht mehr ohne Tablette schlafe. Sie sagt, dass ich die Frau ihres Lebens sei, ihre eine und einzige Liebe, sie sagt, dass sie nicht mehr wisse, was sie tun solle, dieses haarsträubende Leben fortführen oder alles vergessen, sie sagt, dass unsere Liebe das Wundervollste und das Schrecklichste sei, das ihr je widerfahren sei. Sie sagt, dass sie sich nicht entscheiden könne, dass das ein Problem sei im Leben. Sie entschließt sich, von ihrer Leidenschaft Abstand zu nehmen, sie sagt, dass wir versuchen könnten, uns nur noch zweimal in der Woche zu sehen, um die Momente des Wahnsinns zu entzerren, um das Leben weniger ruckartig, weniger rasend zu gestalten.

Sie kann sehr aufmerksam sein, sie lässt mir ein Bad ein, massiert mir den Rücken, bereitet mir ein köstliches Essen zu, begleitet mich zu wichtigen Terminen, sie sagt, dass ich ihre Freiheit sei, ihre Auszeit, ihr frischer Wind. Sie kann unausstehlich sein, sie antwortet nicht mehr auf meine Nachrichten, sie ist einsilbig, richtet es ein, keine Zeit zu haben, sie sagt, dass ich sie ersticke, dass sie Luft brauche, Luft, Luft.

Sie wacht mit großem Hunger auf, sie streckt sich wie eine Katze und fordert ein leckeres Frühstück. Sie hat Lust, anschließend spazieren zu gehen, also fällt ihre Wahl auf das Angelina, gleich neben dem Jardin des Tuileries. In dem todschicken Café ist sie still, fast abwesend. Zwischen uns klafft ein schwarzes Loch. Sie isst lautlos ihren Toast, kein durchdringendes Lachen kommt ihr über die Lippen, keine Anekdote. Sie lächelt kaum, als ich den Clown spiele, um sie aufzuheitern. Sie steht auf, um zur Toilette zu gehen, kein Wort, kein Blick. Sie zuckt zusammen, als sie mich in ihrem Rücken spürt. In dem großen goldverzierten Spiegel auf der Damentoilette bei Angelina im ersten Stock, mit Blick auf den Garten, lächelt sie endlich mein Spiegelbild an, als ich sie an das Waschbecken drücke, um sie still, auf die Schnelle zu lieben, ihr Rock an dem makellos weißen Porzellan hochgeschoben. Ihr lustvolles Stöhnen beruhigt mich nicht.

70.

Sie hatte als Jugendliche eine regelrechte Leidenschaft für Autos. Sie kannte eine unglaubliche Anzahl verschiedener Modelle. Die Modelle von Renault liebte sie besonders. Sie vergötterte den R5, mochte aber auch den Renault 25 und vor allem den Renault 21, den sie weniger angeberisch und sentenziös als den 25er und ausgesprochen modern fand. Ihr Lieblingsmodell war mit Abstand der Alpine A110, fast ein Rennwagen. Sie kann rasend schnell rechnen, sie ist äußerst stark im Kopfrechnen. Sie schreibt quasi ohne Fehler. Sie besteht dennoch darauf, auf das *o* in *idiome* einen Accent circon-flexe zu setzen. Sie hat vor kaum etwas Angst, aber sie hat zwei große Phobien, Nachtfalter und Statuen, alle Arten von Statuen. Sie kann mit einem Nachtfalter nicht in einem Raum bleiben. Sie sagt, sie hasse ihre Unberechenbarkeit, dass sie nie wisse, wohin sie flögen, dass sie wankelmütig, unergründlich, unbeständig seien. Bei den Statuen jagt ihr der Gedanke Angst ein, dass sie plötzlich zum Leben erwachen könnten. Dass sie aus ihrem toten Zustand in den lebendigen übergehen könn-ten.

Sie ist so schön wie die Nackten von Bonnard. Sie ist so rosa und gelb wie sein Rosa und sein Gelb, ebenso be-wegend wie die Frauen, die er malt, ebenso delikat und ebenso zerbrechlich. Sie könnte meine Muse sein, wenn ich malen könnte. Sie würde mir Modell stehen, in ver-schiedenem Licht, auf jedem Bild wäre sie schöner als auf dem vorherigen. Sie wäre die ideale Frau, die myste-riöse und blendend schöne Frau, eine Ikone.

Sie betrachtet die Narbe, die der Kaiserschnitt auf meinem Körper zurückgelassen hat. Sie sagt nichts, fährt mit dem Finger die weiße Linie bis zu den dunklen, dichten Haaren nach, sie wischt mir mit der anderen Hand die Tränen ab, sie murmelt, dass sie mich schön finde, sie weiß nicht, dass mich das nicht tröstet, ich möchte, dass sich meine Schönheit mit der ihren messen lassen kann, mein Schicksal mit ihrem messen lassen kann. Sie gleicht einer Romanfigur. Sie merkt nicht, dass das für die Menschen in ihrer Umgebung schmerzhaft ist. Sie ist lebendig.

71.

Sie lacht vor Freude, als ihr klar wird, dass ich sie angelogen habe, dass wir nicht ins Theater gehen, sondern zur Gare de Lyon, um den Zug nach Marseille zu nehmen. Sie fragt mich, seit wann ich diese Überraschung geplant hätte, sie will jedes Detail wissen, wie ich es angestellt habe, mich freizuschaufeln, das Quartett zu informieren und ihre Familie, mit der sie Ostern feiern sollte. In Marseille dehnt sich die Zeit endlos. Sie kommt mehrmals, noch am selben Morgen. Sie nimmt meine Hand, als ich sie zu meinen Lieblingsplätzen führe, von der alten Charité bis zu den Felsen von Malmousque. Sie badet in Unterhose im eisigen Wasser, sie strahlt über beide Ohren und hat spitze Brustwarzen. Am letzten Tag versetzt sie mir eine Ohrfeige, eine treffsichere, schallende Ohrfeige, von der mir schwindelig wird. Sie bemerkt nicht, dass wir in der Rue Consolat, der Straße des Trostes sind.

Sie geht mit dem Kind raus, während ich noch schlafe, sie kaufen den ersten Spargel und die ersten Erdbeeren. Sie sagt wünsch dir was, mein Schatz, als ich mir eine in den Mund stecke. Sie ahnt nicht, dass ich mir wünsche, alles möge endlich aufhören, ihre Unstetigkeit, ihre Kapriolen, ihre Ausbrüche, ihr Irrsinn. Sie ahnt nicht, wie sehr ich es nötig habe, getröstet zu werden.

72.

Um den ersten Jahrestag ihrer Kühnheit zu feiern, ihres Geständnisses, das die Märzluft zerriss, schenkt sie mir eine Reise nach Venedig. Der Nachtzug fällt aus. Sie sagt daran soll es nicht scheitern, und sie reserviert uns in letzter Minute zwei Plätze im Flugzeug. Sie findet immer eine Lösung. Sie reitet auf der Welle des Lebens mit einem Antrieb, der Bewunderung erzwingt. Das Leben und die Welt müssen so sein, wie es ihr passt, ihrem allmächtigen Wunsch entsprechen. Sie ist lebendig.

Im Zug, der uns aus Venedig zurückbringt, verschließt sie zwischen Grenoble und Paris die Tür unseres Abteils und zieht sich langsam aus, schweigend. Sie bietet sich mir an, unerhört schön, die Schenkel hin zu ihrer frühmorgendlich feuchten Scham geöffnet, der Vorhang am Fenster hin zur frühmorgendlich feuchten Landschaft geöffnet, die in einem Nebel von Grüntonen vorbeizieht.

73.

Sie liebt es, mir Romane vorzulesen, sie imitiert die verschiedenen Figuren mit verschiedenen Stimmen, fuchtelt bei den Dialogen mit den Händen. Ihr gelingt im Ofen kein einziges Gericht, trotz einer Vielzahl von Versuchen. Sie sagt ein Filmchen anschauen, ein Ründchen schwimmen gehen. Sie sagt Partitürchen, wenn sie von ihren Noten spricht, wo sind nur die Brahms-Partitürchen, ich habe die Partitürchen der 132 von Beethoven verschlampt, hast du meine Schubert-Partitürchen gesehen. Sie verliert oft Dinge, findet sie wieder, verschlampt sie erneut.

Sie nimmt mich in die Philharmonie mit, um Sonaten von Schubert zu hören, sie schiebt ihre Hand in meine, als die Emotionen überhandnehmen. Sie schlägt am Morgen die Augen auf, schaut mich an und sagt, dass wir diese Geschichte beenden müssen, dass es sie umbringe. Sie nimmt mich mit ins Stadttheater, um ein Stück von Pina Bausch anzusehen, sie applaudiert wie wild und ruft Bravo in Richtung der Tänzer, im Stehen ruft sie lange Zeit Bravo, Bravo! Neben ihr werde ich rot vor Scham und Stolz. Im Kino geht das Licht wieder an, sie ist ein merkwürdiges Spiegelbild, ihr vom Weinen geschwollenes Gesicht direkt vor meinem vom Weinen geschwollenen Gesicht. Sie sagt unsere Herzen schlagen im Gleichtakt, sie sagt das ist verrückt dieser Gleichklang, verrückt diese Übereinstimmung. Sie sagt keiner kann das verstehen, keiner.

Sie ruft mich mitten in der Nacht an. Sie weint sich die Seele aus dem Leib. Sie sagt es reicht. Sie hört nicht, dass mir am anderen Ende der Leitung die Tränen den Atem rauben, dass ich ersticke, trunken vor Kummer, dass mir der ganze Körper wehtut, so unmöglich ist die Vorstellung von einem Leben ohne sie. Sie schlägt mich und auf der weißen Haut meiner Wange bleibt lange die rote Spur ihrer langen Finger zurück. Sie sagt, dass es ihr lieber sei, wir trennten uns, aber nicht einmal eine Stunde später kommt sie mit dem neuen Saison-programm unseres Lieblingstheaters zu mir, sie möchte, dass wir einen Haufen Karten für das kommende Jahr reservieren, sie macht Pläne, sie ist quietschvergnügt.

74.

Sie will, dass wir ins Kino gehen, sie will, dass wir uns lieben, sie will, dass wir anschließend in den Armen der anderen einschlafen, sie will, dass wir ein paar Tage lang aufhören uns zu schreiben und zu sprechen, sie will, dass wir japanisch essen gehen, sie will, dass wir übers Wochenende aufs Land fahren, um uns zu erholen, sie will, dass ich aufhöre zu weinen, sie will ohne mich auf eine Party gehen, sie will keine Verantwortung tra-gen, sie will leicht sein, sie will frei sein.

75.

Der Juli kommt geflogen wie ein Bumerang. Paris erstickt, es weht kein Lüftchen. Sie lächelt, als sie die gelbe Ledertasche sieht, die ich ihr zum Geburtstag schenke. Sie schenkt mir am gleichen Tag einen Strauch mit roten Rosen, der in den Tagen darauf eingeht, weil es zu heiß ist. Sie überrascht uns, das Kind und mich, am Meer, wo wir Ferien machen. Sie fährt so schnell, dass sie von der Polizei angehalten wird. Sie versteckt ein Geschenk in meinem Koffer, eine Stola mit Sternen. Sie hat Lachanfälle, sie lacht über alles, sie ist ein Kind, sie ist sechseinhalb Jahre alt, wenn sie stundenlang Sandburgen baut, wenn sie für meine Tochter ein Schiff aus Strandgut bastelt. Sie verlässt uns, das Leben wird erneut trist und sterbenslangweilig. Sie ist mit dem Streichquartett im Klassikradio zu hören, sie ist gerührt, als ich ihr am Telefon erzähle, dass ich an alle Türen des Dorfes geklopft habe, um darum zu bitten, dass mir jemand ein Radio leiht, dass ich eine Stelle mit gutem Empfang gesucht und ihr andächtig zugehört habe, ausgestreckt im Gras, zwischen den Insekten, das Ohr an den Lautsprecher gedrückt.

76.

Sie sagt nein, niemals, hätte ich das auch gut verstanden, niemals werde sie in ein solches Karussell steigen, ein Karussell, das einen auf den Kopf stellt, durchrüttelt, bis einem schlecht wird. Sie hört nicht zu, als ich leise Rilkes Gedicht aufsage, und auf den Pferden kommen sie vorüber, auch Mädchen, helle, diesem Pferdesprunge fast schon entwachsen, mitten in dem Schwunge ..., sie ist beleidigt, als ich mich über sie lustig mache, als ich sie einen Feigling nenne, sie sagt also gut, los, ich komme mit, sie setzt sich neben mich in die Gondel und schreit, dass mir fast das Trommelfell platzt, als wir durch die milde Nacht gewirbelt werden. Sie strahlt wie ein Kind, als wir aussteigen, sie sagt, dass sie gleich noch einmal fahren möchte, sie sagt noch mal, noch mal, noch mal, sie ist ein Kind, ich liebe ein Kind. Sie sagt dieser Jahrmarkt hat was Magisches, sie lächelt mich an, vor dem Stand, an dem grelle Neonröhren blinken *No limits*, sie hört nicht zu, als ich ihr weiter das Gedicht aufsage, und das geht hin und eilt sich, dass es endet, und kreist und dreht sich nur und hat kein Ziel.

Mon manège à moi ist ein Chanson, von Norbert Glanzberg 1958 komponiert, mit einem Text von Jean Constantin, der irrtümlich auf Grundlage einer Musik gearbeitet hat, die Teil des Soundtracks von *Mein Onkel* von Jacques Tati werden sollte und nicht als Chanson gedacht war. Es wurde einer der größten Erfolge von Edith Piaf.

Im Chanson heißt es: *Tu me fais tourner la tête, mon manège à moi, c'est toi.* Du verdrehst mir den Kopf, mein persönliches Karussell, das bist du.

77.

Sie bekommt Angst, als ich eines Abends betrunken nach Hause komme, als sie auf meine Tochter aufpasst, so betrunken, dass meine Zähne schwarz vom Wein sind, meine Lippen braun verschmiert. Sie versteht nicht, dass ich für dieses Leben, das sie mir anbietet, keine Kraft mehr habe, für dieses zu schnelle Leben, auf das sie sich nicht ganz einlassen will, keine Kraft mehr, um ihre Unzuverlässigkeit, ihre Unsicherheit, ihre Nachlässigkeit und ihre Kapriolen zu ertragen, ihre Prinzessinnenlaunen.

Sie findet alles an mir unerträglich, sie hasst es, dass ich müde bin, dass ich abends früh schlafen will, sie will, dass wir die ganze Nacht reden, dass wir ständig miteinander schlafen. Sie sagt ich fühle keine Liebe mehr für dich und die Erde tut sich unter meinen Füßen auf. Sie wartet am Ausgang der Schule auf mich, wie früher, mit einem Strauß Margeriten. Sie begleitet mich zu einer Hochzeit, auf der sie für meine Freunde Violine spielt. Sie lacht über die Scherze meiner Tochter. Sie regt sich über mich auf, sie schlägt mit geballten Fäusten gegen meine Brust, sie fleht darum, dass alles endlich aufhört. Sie ruft mich an und sagt, sie wolle uns ans Meer mitnehmen, sie sagt packt eure Sachen und ich hole euch morgen in aller Frühe ab. Sie küsst mich, als wäre es das erste Mal, auf der Raststätte zwischen Paris und Honfleur. Es geht um Sarah, unberechenbar, wankelmütig, verwirrend, unbeständig, furchterregend wie ein Nachtfalter.

Sie lächelt mich an, als das Kind auf ihr liegend ein-
schläft, auf ihre Brüste sabbernd, während wir alle drei
Le Sacre de printemps anhören. Sie hilft mir, den Advents-
kalender für das Kind zu basteln, sie ist sechseinhalb,
als sie die Überraschungen versteckt, sie ist ein Kind,
ich liebe ein Kind. Sie macht einen Orangenkuchen, ein
Hühnercurry, eine Tajine mit eingelegten Zitronen. Sie
freut sich, Weihnachten zum ersten Mal gemeinsam mit
mir zu feiern. Sie probiert in einem Geschäft ein Kleid
an, sie zieht mich in die Umkleide, schließt hinter uns
den Vorhang, sie streichelt mich gegen den Spiegel gelehnt. Sie beleidigt mich in einem vollbesetzten RER,
sie sagt sie kann nicht mehr, dass es wirklich aufhören
muss. Sie begleitet mich ins Hamam, sie lässt sich in
den verschwommenen Dämpfen abschrubben und mas-
sieren. Sie kauft zwei Kilo Clementinen, verschlingt die
Hälfte davon in der Metro, die uns nach Les Lilas bringt.
Sie tanzt auf einem Geburtstag, zu dem wir eingeladen
sind, bis ans Ende der Nacht. Sie ist lebendig.

Sie verlangt mehr Rum in ihrem Mojito, in einer Bar
in Saint-Germain-des-Prés. Mit einer Stimme, die ich
nicht von ihr kenne, sagt sie ich habe schließlich einen
Mojito bestellt, hier habe ich Minzlimonade, wie erklären Sie das bitte. Sie tut so, als sähe sie nicht, dass ich
auf dem Stuhl gegenüber vor Scham puterrot werde. Sie
zwinkert mir zu, als der Kellner mit einem Glas voller
Alkohol zurückkommt. Sie stößt ihr Glas gegen meines,

um auf den Gratisschwips anzustoßen. Sie sagt auf dich, meine Liebste. Dann wird sie ernst. Sie will die Sache beenden, dieses Mal mache sie keine Scherze, dieses Mal sei es endgültig. Sie sagt ich will nichts mehr von dir hören. Sie sagt ich werde mich auch nicht mehr melden. Sie trinkt ihren Mojito mit einem Strohhalm. Sie sagt du erdrückst mich. Sie schaut mir beim Weinen zu, mit harter Miene, verschränkten Armen.

79.

Es geht um Sarah, ihre unerhörte, grausame Schönheit, ihre strenge Raubvogelnase, ihre Feuersteinaugen, ihre tödlichen Mörderaugen, ihre Schlangenaugen mit den hängenden Lidern.

80.

Sie ruft mich nicht an. Sie läuft mir auf der Straße oder in den Metrogängen nicht hinterher. Sie schreibt mir nicht in den folgenden Tagen, sie fragt nicht, ob wir ins Theater gehen, ans Meer fahren, einen Garten anschauen, einen Tee trinken, japanisch essen gehen. Sie erkundigt sich nicht nach mir, nicht nach dem Kind. Sie weiß nicht, dass mein ganzer Körper brennt, mein Kopf ein ständiger Gluthert ist, dass ich noch nie einen so dumpfen und starken Schmerz empfunden habe. Sie verlässt mein Leben, wie sie es betreten hat, schwungvoll. Siegreich.

Abends gehe ich von der Schule durch die blaue und rosafarbene Nacht und rede mit mir selbst. Sarahs Fehlen lässt mich zittern. Ich verbringe meine Tage mit Weinen, die Tränen rinnen geräuschlos über meine Wangen, meinen Hals und kommen auf meinen Brüsten zum Stillstand. Ich habe geschwollene Augen und vom Salz verbrannte Wangen. Ich schaue mir *Mamma Roma* im Kino an, in einem Kino, in das wir früher gegangen sind, ich zittere vor Kälte, ich klappere mit den Zähnen, ich begreife nichts von dem Film, gar nichts. Ich laufe lange durch Paris, durch den Regen. Ich rede mit mir selbst, wie eine Verrückte. Ich laufe viel durch Paris. Immer und immer wieder überquere ich den Fluss. Ich renne oft dem Bus, den Tauben, ihr hinterher. Ich laufe durch meine Stadt. Haben wir sie so gut erkundet, dass ich an jeder Straßenecke eine Erinnerung an dich finde? Gibt es keine verdammte Fassade, kein verdammtes Café, kein verdammtes Restaurant, keine verdammte Fußgängerzone, keine verdammte Farbe am Himmel, kein verdammtes Kino, keinen verdammten Trend, keinen verdammten Bettler, in dem du nicht haust, Hexe? Ich nehme den Nachtzug zum Märchenhaus, dem Haus, wo wir Boogie-Woogie getanzt haben. Ich fahre nach Marseille, nehme den Bus nach Malmousque, brülle von den spitzen Felsen, brülle mir die Lunge aus dem Hals. Ich würde alles dafür geben, sie bei mir zu haben, in Unterhose im goldenen Eiswasser badend. Ich besichtige die *Cité radieuse*, Corbusiers »Strahlende Stadt«, ich schleppe meinen Körper in die Busse von Marseille. Strahlend, ja klar. Strahlend am Arsch. Auf dem Dach über der Stadt wird mir schwindelig bei dem Gedanken zu springen, so krank macht mich ihr Schweigen. Auf dem Dach des Gebäudes von Corbusier lege ich mich auf den Rücken, und ich weine lange, unter den erschrockenen Blicken der Touristen, die vorsichtig um meinen Körper herumlaufen, schweigend, mit pietätvoller Miene. Es ist März. Der erste März, *mars*, Marseille, die Stadt der Heilung, die Stadt der Zähigkeit, die Stadt der Sterne. Mein Körper brennt, auch ohne Meerwasser. All die Narben und das Feuer in meinem Bauch, wenn ich dich erblicke, und jede Nacht diese Bilder von dir, die ich an der Decke wie Kometen vorbeiziehen sehe, und Corbusiers *Maison du fada*, das dir gefallen würde, und meine Irrwege in den Gestank, der dich erweichen würde. Ich habe Licht in den Augen, das große Licht, so hell und weiß, fast säurehaltig. Das Licht auf dem Mars dringt durch Knochen, repariert das Skelett, flickt notdürftig die Seele. Es ist gut zu wissen, dass wir diesen Kosmos teilen.

81.

Aus einem anderen Medizinbuch. Latenz: Folge eines psychologischen Traumas; Zeitraum zwischen dem Ereignis und dem Auftauchen des Wiederholungszwangs als Teil eines traumatischen Nervenleidens. Vordergründig ruhig, ist dieser Abschnitt oft mit Rückzug verbunden, Anpassungsschwierigkeiten, depressivem Zustand oder, im Gegenteil, widersprüchlicher Euphorie. Für gewöhnlich dauert der Zustand wenige Wochen bis zu einigen Monaten an, kann aber auch kürzer sein oder sich über Jahre hinziehen.

82.

Ein Geistesblitz am Bahnhof von Marseille. Es ist März, zwei Jahre nach dem Streichholzratschen, dem Schwefelgeruch und dem Geständnis, dargeboten wie ein Geschenk. Es ist März, es ist mehrere Wochen her, dass ich den Klang ihrer Stimme gehört habe. Sie hat gesagt ich will nichts mehr von dir hören, ich werde mich auch nicht mehr melden. Sie hat mich ausgelaugt, aber ohne sie sterbe ich. Ich schaffe es nicht, es ist zu schwer. Ich halte den Atem an, als das Telefon ins Leere läutet, einmal, zweimal, dreimal. Und dann nimmt sie ab. Ich höre ihre Stimme. Ich sage hallo. Sie sagt hallo. Sie ist lebendig. Sie klingt traurig, ein wenig niedergeschlagen, sie hat ihre Kummerstimme, die mir wohlbekannte Stimme, gedämpft, belegt, frei von aller Liebe und Boshaftigkeit. Mein Herz zieht sich zusammen. Plötzlich ist es ein wenig kalt am Gleis 2 im Bahnhof von Marseille. Endloses Schweigen. Ich höre ihren Atem und möchte ihn am liebsten verschlingen. Ich schaue auf meine Füße, dann in den Himmel. Dort, über den Zügen, schwebt eine Wolke zu den anderen Wolken.

Sie sagt ich wollte dich anrufen weißt du, aber ich habe es nicht geschafft, denn ich muss dir was sagen, ich bin krank, es ist ernst, ich habe Brustkrebs.

II

1.

Ein Frühling fast wie jeder andere, ein Frühling, der melancholisch stimmt. Ein verstörter Frühling, mit warmen Nächten und kaltem Regen. In dem feuchten Zimmer schaffe ich es nicht, meinen Blick von ihrem entblößten Körper und ihrem wächsernen Schädel zu lösen, von ihrer Totensilhouette. Ein letztes Mal betrachte ich jeden Teil ihres Körpers, dieses so geliebten Körpers. Ich will mir für immer ihre gekrümmten Zehen einprägen, die zierlichen Knöchel, die rührende Rundung ihrer Waden, die Zartheit ihrer Schenkel, ihr sonderbares, haarloses Geschlecht, das eines Säuglings und einer alten Frau, ihren nachgiebigen Bauch. Ich will mir auf ewig die Schönheit ihrer beiden Brüste einprägen. Ich will ihr Gesicht nicht sehen. Ich habe Angst, sie schlafen zu sehen. Ich habe Angst, sie sterben zu sehen. Ich habe Angst, sie ein letztes Mal küssen zu wollen. Ich habe Angst, sie aufzuwecken. Ich habe Angst, dass sie erneut zum Leben erwacht. Sie schläft jetzt endlich. Sie ist tot.

In der schmutzig grauen, verdreckten Dämmerung stehe ich lautlos auf, verlasse das Zimmer auf Zehenspitzen. Mir schlägt das Herz bis zum Hals. Ich nehme mir keine Zeit zum Anziehen, stopfe alle Kleidungsstücke in meine Tasche, ziehe meine Schuhe über, werfe einen letzten Blick auf den Ort, an dem ich mich zu Hause gefühlt habe. Kurz lässt mich ein rosafarbenes Schimmern innehalten, in der rechten Ecke des Zimmers. Es sind Magnolienblüten, die an das Fenster schlagen, große und schöne Magnolienblumen, offene Blütenblätter voller Tau und Licht. Ich öffne die Wohnungstür, schließe sie lautlos. Ich laufe im Nachthemd durch den aufgehenden Tag. Ich drehe mich auf der Straße nicht um, beginne zu rennen, mit aller Kraft. Wie eine Irre renne ich durch die Straßen, die ich inzwischen auswendig kenne. Ich habe Angst, dass sie mir wie so oft folgt, dass sie mich am Ärmel festhält, dass alles von vorn beginnt. Ich gelange zur Metro, stürze keuchend die Treppe runter, versetze der Metallschranke einen Stoß mit der Hüfte, springe in den Zug, durch den gleich darauf ein Ruck geht, danke Gott. Die Metro trägt mich davon. Ich bin bereits weit weg. Ich werde sie nicht wiedersehen. Sie ist tot. Ich werde nicht mehr ihren Duft riechen. Sie ist tot. Ich werde nicht mehr ihren Körper streicheln, ich werde nicht mehr mit ihr schlafen. Sie ist tot. Ich werde nicht mehr ihren Mund betrachten, sprachlos, denken, dass sie mich nicht mehr liebt, dass sie nicht mehr verliebt in mich ist. Ich bin gerettet.

Die Metro rauscht durch die Dunkelheit. Ich ringe nach Luft. Ich schlucke meinen Speichel, der nach Eisen schmeckt, nach Blut. Ich fahre mir mit den Händen übers Gesicht. An meinen Fingern hängt noch der Geruch ihres Geschlechts. Ich rieche an ihnen wie eine Verrückte. Meine Liebe. Meine tote Liebe. Der Geruch an meinen Fingern, vom Geschlecht meiner toten Liebe.

Also muss ich weg. Schnell. Darf nicht in dieser Stadt bleiben. Zwei, vielleicht drei Tage lang laufe ich viel, fast pausenlos durch Paris. Nacht und Tag. Ich überquere wieder und wieder den Fluss. Ich renne oft. Dem Bus, den Tauben, ihr hinterher. Ich laufe durch meine Stadt. Haben wir sie so gut erkundet, dass sich an jeder Straßenecke eine Erinnerung an sie findet. Ich muss den Zug nehmen, das Flugzeug. Das Schiff. Verschwinden. Schnell. Ich habe Angst, dass man mich findet. Dass herauskommt, was ich getan habe. Angst, dass sie mich ausfindig macht. Sie ist der Tod. Der unsichtbare Dritte. Sarah der Tod. Ich habe Angst, dass ich mich erneut in ihrem Netz verfange. Ich will ihre Augen nicht mehr sehen. Ihre so schönen Augen. Ihre hängenden Augen.

Ich versuche, ruhig zu atmen, nachzudenken. Ich brauche einen Plan. Einen Aktionsplan, einen Angriffsplan. Ich muss es schaffen. Sie ist tot, verdammt. Sie liebt mich nicht mehr. Sie will mich nicht mehr lieben. Sie will nicht mehr, dass am frühen Morgen selbst das dröhnende Radio unsere Körper, überwältigt von der Liebe füreinander, nicht zu trennen vermag. Sie will nicht mehr, dass wir am Telefon lachen, aus Freude darüber, wie gut sich unsere Worte ergänzen, unsere Scherze, dass wir so perfekt übereinstimmen, dass das Leben die ganze Zeit richtig klingt. Sie will die Ausflüge, das Ausreißen, die Ausbrüche nicht mehr. Sie will unsere Begegnungen nicht mehr, bei denen der ganze Körper zum Beben, die Hände zum Zittern gebracht, der Bauch erschüttert wird. Sie ist tot. Ich bin nicht sicher. Aber ich glaube, dass sie gestorben ist, in einer Frühlingsnacht. Ein Frühling fast wie jeder andere, ein Frühling, der melancholisch stimmt. Ich bin es, die sie getötet hat. Ich bin nicht sicher. Aber ich glaube, ich bin es, die sie getötet hat. Sie sagte, dass sie mich nicht mehr liebt. Sie hatte diese Krankheit in ihrer Brust. Ihre Brust, an der ich leckte, während sie mich anlächelte. Sie sagte meine Liebste, meine Liebste. Und danach, gleich danach sagte sie, dass sie mich nicht mehr liebt. Und sie ist tot. Vielleicht. Ich konnte meinen Blick nicht von ihrem toten Körper und ihrem wächsernen Schädel lösen. Von ihrem leblosen Leib.

2.

Mein kleines Mädchen. Mein liebes, so lustiges Kind. Mein lebendiges Kind, lebendig aus meinem Bauch gekommen, was für ein Wunder. Und das seitdem nicht aufhört, immer weiterzuleben. Ich muss es zurücklassen. Ich werde gehen. Ohne sie. So weit weg wie möglich. Um Sarahs Silhouette im widerlichen Licht des frühen Morgens zu vergessen. Ihre blasse Silhouette im blassen Licht.

Ich werde fliehen, um mir die Augen auszuwaschen. Ich atme viel zu schnell. Mein ganzer Körper schmerzt. Ich weiß, was ich zu tun habe. Meine Bewegungen sind lebhaft, präzise. Ich stelle mich auf die Zehenspitzen, wühle oben im Schrank. Meine Hände ertasten, berühren schließlich den Tragegurt, ich ziehe, mein Rucksack fällt mir auf den Kopf. Mein roter Rucksack. Ich öffne ihn, ratsch ratsch, beide Reißverschlüsse. Ich lege eine Hose, ein paar T-Shirts, Unterwäsche, ein großes Halstuch, einen warmen Pulli hinein. Ich ziehe mich an. Noch eine Hose, ein weiterer Pulli. Ich nehme keinen Rock mit, ich nehme kein Kleid mit, ich nehme keine Bluse mit. Ich fliehe. Tod im Nacken. Ist sie um diese Zeit schon angezogen? Dort, in ihrer Magnolienwohnung? Wundert sie sich, dass ich nicht neben ihr liege? Sie muss sich fragen, wo ich geblieben bin, nach dieser Nacht im selben Bett. Körper an Körper. Sie denkt vielleicht, dass ich rausgegangen bin, um das Frühstück zu besorgen. Dass ich wiederkomme. Sie anlächeln werde. Mit einer Tüte in der Hand mit zwei kleinen Croissants darin. Eine Papiertüte, ein wenig fettig. Wie an jedem Morgen der Welt, nach einer Liebesnacht. Und meine Finger, an denen noch der Geruch ihres Geschlechts hängt, um die Papiertüte geklammert. Aber nein. Sie ist tot. Ich weiß es. Sie wird nicht ins Leben zurückkommen. Sie wird nicht zur Vernunft kommen. Sie wird mich nicht anrufen. Sie wird nicht sagen, dass sie sich geirrt hat, dass sie mich liebt, dass ich zu ihr zurückkommen muss. Sie wird dortbleiben, ausgestreckt auf dem Bett. Die Magnoliendame. Ich weiß es. Und man wird ihren Leichnam

finden, irgendwann an diesem Tag, wenn der rosafarbene Schimmer der Blumen auf ihre bloße Stirn eine
Schattenkrone wirft.

Ein billiges Flugticket. Das ist es, was ich erstehe,
als ich nervös auf das erstbeste Angebot klicke, ohne
zu denken, ohne an irgendetwas zu denken. Es heißt,
dass viele davon träumen, einen Hinflug ohne Rück-
flug zu buchen, ein Ticket ins Abenteuer, etwas, was
man im Geiste streift, um sich zu beruhigen, wenn das
Leben zu kompliziert wird, zu anstrengend, die Kinder
zu laut, ich werde ohnehin ganz weit weggehen und sie
hier zurücklassen, ich werde ins Flugzeug steigen und
nie zurückkommen, woanders ein neues Leben beginnen, ohne dass jemand erfährt, wo, allein, glücklich. Ich
denke nicht, ich klicke, wieder und wieder, ich bestätige,
ich sage ja zu allem, was mich der Computer fragt, ja,
ja, ja, ich habe keine Wahl, ich muss weg, ihre Totensilhouette vergessen, ihren wächsernen Schädel und den
Blutgeschmack in meinem Mund. Der Flug geht sehr
früh am nächsten Morgen, so früh, dass ich entscheide,
dass ich am Flughafen schlafen muss, also mache ich
das, ich gehe, mit meinem roten Rucksack auf dem
Rücken ziehe ich die Wohnungstür hinter mir zu, ohne
zu wissen, wann ich zurückkommen werde, in ein paar
Tagen, in ein paar Wochen eher, ja, das ist es, in ein paar
Wochen, wenn sich alles ein wenig gesetzt hat, wenn ich
wieder normal atme, wenn sich die schrecklichen Bilder in den anderen schrecklichen Bildern, die ich kenne,
aufgelöst haben, das verklebte Fell der Kätzchen, die im

Spülbecken des Landhauses ertränkt wurden, die alte Frau, die auf dem Fußgängerüberweg vor der Post von einem Lastwagen überfahren wurde, die Bilder der Lagerbefreiung, gesehen in einem Saal mit geschlossenen Vorhängen an einem heißen Sommertag, die Türme des elften Septembers und die Menschen, die aus den Fenstern der oberen Stockwerke stürzten, die hypnotisierende Hinrichtung von Saddam Hussein, mit seinem großen kaputten Hampelmannkörper am Ende des Stricks.

Im RER schlafe ich rasch ein. Ich laufe bereits seit Tagen durch Paris, damit man mich nicht findet, suche in Buchhandlungen Zuflucht vor den eiskalten Schauern, die mit den glühend heißen Nächten kontrastieren, die ich am Ufer der Seine verbringe, am Wasser vor mich hin dämmernd, das zappelt, als ob es einen Kampf mit einem dunklen Feind ausföchte. Ich werde vom Schlingern des Zuges in den Schlaf gewiegt, während er durch unbekannte Vororte fährt, die alle als ein mögliches Asyl erscheinen, da mir ihre Namen nichts sagen, La Courneuve, Le Blanc-Mesnil, Sevran-Beaudottes, Villepinte. Am Flughafen angekommen, fühle ich mich gleich ein bisschen besser. Fast beruhigt. Mit Sicherheit wird sie hier nicht nach mir suchen. Ihre Augen werden mich nicht einfangen. Auch nicht ihr Vampirlächeln. Hier wird mich niemand finden. Niemand wird mir mitteilen, dass sie tot ist. In Magnolien getaucht. Dass sie nie erwacht ist. Niemand wird mich fragen, was ich weiß, niemand wird mich über ihre letzte Nacht ausfragen, über meinen Speichel mit Blutgeschmack, über meine überstürzte Flucht. Ich verschwinde im Bauch des gewaltigen Flughafens. Ich werde eine der anonymen Gestalten, die allen gleichgültig sind. Um das zu feiern, kaufe ich im Duty-free-Shop alles für ein gutes Abendessen. Dinge, die ich sonst nie esse. Riesige Packungen Süßigkeiten. Ich probiere mehrere Lidschatten von großen Luxusmarken aus. Ich habe es nicht eilig.

Ich bin jemand geworden, den niemand kennt. Niemand weiß, dass ich hier bin. Niemand spricht mich an. Ich betrachte die Flaschen mit Alkohol, in ihren schönen, geprägten Schachteln, ich nehme mir Zeit, um in den Italien-Reiseführern zu blättern. Ich freue mich fast über die erzwungenen Ferien. Ich denke an meine kleine Tochter, daran, was ich ihr sagen werde, wenn ich wiederkomme. Für den Augenblick habe ich sie bei ihren Großeltern gelassen. Sie schläft bestimmt, in eine Daunendecke gewickelt, glücklich über die improvisierten Tage. Ich werde ihr erzählen, dass ich nach Italien gefahren bin, um meinen Liebeskummer zu heilen. Das wird eine legendäre Geschichte, die man beim Kaffee erzählt oder an der Familientafel beim Sonntagsessen. Mein kleines Mädchen wird denken, dass seine Mutter eindeutig eine Romanfigur ist. Ja, das ist romanhaft, eine Flucht, um sich von einer Leidenschaft zu heilen, sein Kind eine Zeit lang zu verlassen, um das Herz vernarben zu lassen. Ich bleibe einen Moment vor den ordentlich aufgereihten Parfums stehen. Ich erblicke das von Sarah. Ich nehme es, sprühe etwas davon auf mein linkes Handgelenk und führe es zur Nase. Der Schmerz kommt augenblicklich.

Mein Magen zieht sich zusammen. Ich beiße in meine Faust, um nicht zu schreien. Ich renne aus dem Geschäft, die Tüte mit den Süßigkeiten in der einen Hand, mein Halstuch in der anderen. Ich renne geradeaus, bis ich nicht mehr weiterkann, bis zu der Scheibe, durch die das Vorfeld zu erkennen ist. Draußen ist es dunkel. Ich stoße mich an der Nacht. Orangefarbene Lichter blinken auf den Start- und Landebahnen. Große Flugzeuge stehen dort, warten gelassen darauf, mit Reisenden gefüllt zu werden. Alles ist so ruhig. Es ist, als ob ich plötzlich nichts mehr höre, als ob sich Stille über die Welt gelegt hätte. Ich sacke an der Scheibe zusammen. Ich glaube, mich übergeben zu müssen, aber ich beginne zu schluchzen, zerstört, niedergeschmettert, vernichtet.

3.

Die Nacht ist lang, Bilder von Sarah vor dem beständigen Brausen im betriebsamen Bauch des Flughafens, dem Geräusch der rollenden Koffer, der Zuspätkommenden, den Ansagen, Menschen, die weinen, telefonieren, die sich zwischen Leben und Leben befinden, in dieser Schwebe, in der man nicht mehr genau weiß, wo man ist, was man tut, warum man es tut. Faszination hier zu sein, mitten in der Nacht, Faszination hier zu sein, am Leben, mitten im Leben, trotz des betäubenden Kummers, der mich ganz erfüllt, und der Verzweiflung, die tief in mir rumort.

Ein Albtraum. Alle Verkäuferinnen des Flughafenshops, alle Flugbegleiterinnen, alle weiblichen Passagiere heißen Sarah. Es gibt nur noch einen Vornamen für Frauen, den ihren. Ich heiße sicher auch Sarah, will es in meinem Ausweis überprüfen, ich suche ihn, zunächst ruhig, dann unruhig, ich drehe die Taschen meines taupefarbenen Anoraks auf links, nichts, die Außentaschen meines Rucksacks, nichts, ich bekomme Panik, denn ich will fliehen, in ein Flugzeug steigen, mit all dem Schluss machen, aber ohne Ausweis kann ich das nicht, das ist sicher. Die Leute rufen sich gegenseitig, und da alle Frauen Sarah heißen, gibt es ein riesiges Durcheinander, niemand weiß, wem er antworten soll, ich höre überall ihren Namen, aus dem Mund der Männer, die diejenigen küssen, die fortfliegen werden, auf Wiedersehen, Sarah, meine Liebste, in den Stimmen der Väter, die ihre Kinder anschreien, in den Lautsprecheransagen. Ich gehe zur Polizeistation des Flughafens, um den Verlust meines Ausweises zu melden. Der Polizist fragt mich nach meinem Namen, um die Anzeige aufzunehmen. Ich nenne ihn. Er bricht in lautes Lachen aus und antwortet dann in finsterem Tonfall aber das ist unmöglich, nur die Sarahs haben überlebt.

Ich liege zusammengekauert auf Plastikstühlen. Mir ist kalt. Ich habe Schmerzen. Sie fehlt mir. Wo bist du, Schlampe?

Ich steige ins Flugzeug, als die Nacht ausfranst. Ich weiß, dass es über den Wolken hell sein wird, was für eine Erleichterung. Ich schaue nicht auf meine Abenteuergefährten, ich habe keine Lust zu wissen, wer mit mir diese Reise antritt. Bald werde ich in den Himmel kommen, das ist alles, was zählt. Das friedliche und freundliche Flugzeug hebt ab. Die Nase an das Fenster gedrückt, betrachte ich die Distanz, die sich zwischen sie und mich legt, und mir ist auf einmal nach Lachen zumute. Endlich ist es vorbei. Ich bin gerettet. Eine Wunderheilung. Das Bild meiner Tochter taucht in meinem Kopf auf, ich denke an das Leben, das wir beide führen. Die Abende, wenn ich sie in schönes Licht getaucht auf dem Schulhof sehe, die Wangen vom Spielen gerötet. Die gewaltige Freude, ihre kleinen Beine zu sehen, die sich beeilen, sobald sie mich erblickt, und den Aufprall ihres Körpers auf meinem zu spüren. Wenn wir in Paris einkaufen gehen, mit der Metro fahren, unter der Woche abends ausgehen, auch wenn das nicht vernünftig ist, da sie am nächsten Morgen müde ist. Ich finde, dass sie den Kindern der Zwischenkriegsjahre ähnelt, den Tausenden Gesichtern, in die ich in den alten, staubigen Büchern gestarrt habe, wenn ich Gott weiß was gesucht habe, oder nur Gott. Wenn wir ausgestreckt auf dem marokkanischen Teppich in ihrem Zimmer liegen, uns Dinge erzählen, wenn ich ihr zuhöre, wie sie mir erzählt, wie das Leben so ist, wenn man fast vier ist, die Ängste, die man bereits in der Brust sitzen hat, die Hoffnungen, die man hegt, die geflüsterten Träume und das Vergnügen, das man empfindet. Ich hätte vielleicht ihrem Vater Bescheid sagen sollen, sagen, dass ich nach Italien reise, dass ich demnächst wiederkomme, ihn vor allem, vor allem bitten, sich gut um sie zu kümmern, erklären, dass ich ein paar Dinge klären muss, aber bald wiederkomme. Das klingt ein wenig mafiamäßig, so gesagt, und ich bin auch nicht sicher, ob er es verstehen würde. Schweigen ist oft besser. Er wird es ohnehin merken, wenn ich nicht ans Telefon gehe, wenn das Klopfen an meine Tür vergeblich ist.

Durch das kleine Fenster bewundere ich die Ränder der von Sand gesäumten Inseln, die europäische Parzellierung des Bodens, die abgeholzten Wälder und die nackte, scheinbar unberührte Erde, geschoren, das ist es, geschoren. Die Brandung an den Felsklippen, eine beharrliche Eroberung. Die letzten Erschütterungen des Flugzeugs, das von Weitem wie ein Vogel aussehen muss, der sich an einem Sonnentag in einer Pfütze Regenwasser schüttelt.

Ich hatte vergessen, wie sehr die Landung auf die Ohren drückt. Aber ich heiße jeden Schmerz willkommen. Meinen steifen Rücken, na gut, meinen verkrampften Nacken, ja, die Trommelfelle, die fast bersten, warum nicht, jeder Schmerz in meinem Körper lässt für einen Moment den Schmerz im Herzen vergessen, den Schmerz, den ich fühlen muss, da sie tot ist, da sie vielleicht tot ist, den Schmerz, meine Liebe getötet zu haben, den Schmerz, den ich fühlen muss, weil ich nicht an ihrer Stelle sterben konnte. Der flüchtige Glanz der Berge, die den Gardasee einrahmen, verschlägt mir einen Moment lang den Atem. So ist das also? Das Leben kann aufhören, die Liebe kann sterben, und diese Welt kann direkt daneben, zur gleichen Zeit, im gleichen Raum, vor Schönheit strahlen?

4.

Der Regen klatscht auf meine brennenden Wangen und mischt sich mit den heißen Tränen. Mir ist warm, so warm in den Mailänder Straßen, durch die ich verstört laufe, es ist niemand zu sehen und es sind wohltuende Tropfen, schwere Apriltropfen, ich höre sie fast einzeln auf dem Gehweg explodieren, ein Prasseln wie ein Stepptanz. Der Regen riecht nach Austern und schmeckt nach Sake, über mir spüre ich eine gewaltige, graue, vom Meer gesättigte Wolke, die sicher direkt von der See kommt. Ich bin mittags aus dem Flughafen gekommen und weiterhin auf der Flucht, wenn ich nicht so müde wäre, würde ich anfangen zu rennen. Ich steige in den Schlund der U-Bahn hinab, und mein Körper entscheidet an meiner statt, er wählt aus, wo ich umsteige, und ich finde mich in dem Zug wieder, der zu Isabella fährt, der ich gesagt habe, dass ich komme, dass es ein Notfall sei, dass ich nicht lange bleiben würde.

Es ist niemand in der Bahn, übrigens ist nirgendwo jemand, ich frage mich, ob es immer noch regnet, schließe einen Moment lang die Augen. Und plötzlich nimmt die Bahn in einer Steigung an Fahrt auf, berei-

tet sich darauf vor, aus dem schwarzen Schlauch auf-
zutauchen, der sie festhält, und tut es dann wie ein
Kind, das aus dem Innern seiner Mutter kommt, der
Zug vibriert immer stärker, es entsteht ein Moment
des Innehaltens, vielleicht nur eine Sekunde lang, und
dann endlich quillt er heraus, plötzlich sind da Farben,
plötzlich sind da Geräusche, plötzlich ist da Luft. Das
Sonnenlicht durchflutet den vollkommen leeren Wagen,
aber das hat keine Bedeutung mehr, ich bin so schwach,
zusammengekauert auf meinem Sitz bin ich der Säug-
ling, der aus Mutter Stadt geschleudert wird, mit dem
geschwollenen Gesicht der kleinen neugeborenen Boxer,
mit summenden Ohren und dem Bedürfnis zu schreien,
weil das Atmen schwerfällt, und eine Explosion unter
der Schädeldecke, weil. Weil wir vor langer Zeit sonntags
früh aufgestanden sind, um in unserem Lieblingskino
Filme anzusehen. Zu einer Uhrzeit, zu der die Menschen
gerade erst ihren Sonntag begannen, nahmen wir die
Metro zurück nach Hause, zum Mittagessen, ein bisschen müde von den zwei Stunden, die wir noch halb ver-
schlafen im dunklen Kino verbracht hatten. Wir legten
uns ans Ende des Abteils, wo es sechs Plätze gab, drei
und drei gegenüber, und vom Schlingern und Holpern
durch diese andere Dunkelheit geschaukelt, warteten
wir nur auf eines, auf genau den Moment, wo der Zug
sich der Erde entreißt und erneut nach draußen findet.
Auf dem Rücken liegend blickten wir mit weit geöff-
neten Augen in den plötzlich auftauchenden Himmel,
und das Licht war berauschend und einen Moment lang
schwindelerregend. Und dann sagte sie immer, mit ihrer

Stimme, die ich so liebe, hast du diese Sonne gesehen, meine Liebste?

5.

Dieser Blutgeschmack, der nicht weichen will. Mörderin! Ich glaube es von allen Lippen ablesen zu können, obwohl sie italienisch sind. Killerin! Verrückte! Hand des Verderbens! Ich habe sie getötet, als sie bereits am Sterben war, in der bleichen Nacht habe ich sie getötet, weil ich es nicht ertragen konnte, dass sie stirbt, es nicht ertragen konnte, dass ihre Lippen sich öffnen, um zu sagen ich liebe dich nicht mehr, es nicht ertragen konnte, dass sie leidet, an einer Krankheit leidet, die ich selbst in ihre Brust gebohrt hatte, in ihre linke Brust, Herzseite, eine Krankheit wie ein Stich ins Herz, und ich am Ende der Hand, die das Messer hält. Ich habe sie getötet, weil es mir nicht möglich war, bei ihr zu leben, an ihrer Seite, ihre Gefährtin zu sein, zusammen unseren Weg zu gehen, ich habe sie getötet, weil ihr die Musik lieber war, ich habe sie getötet, weil ich den Anblick ihres ausgemergelten Körpers nicht ertragen konnte, ihres wächsernen Schädels, ihrer Totensilhouette. Ich habe sie getötet, weil sie kapriziös wie eine Diva war. Ich habe sie getötet, weil ich sie hasste, weil ich sie so sehr liebte, dass ich an ihrer Stelle sterben wollte.

Nun, ich bin nicht sicher. Ich weiß nicht mehr wirklich, was geschehen ist. Wir haben miteinander geschlafen. Ein Verbrechen und im Grunde fast das Gleiche. Also ist sie vielleicht nicht tot und spielt Violine, dort, in ihrem in rosafarbenes Magnolienlicht getauchten Zuhause. Sie übt bestimmt das Oktett. Daran erinnere ich mich, ich weiß, wie es ist.

6.

Isabella ist rasch da. Ich warte erst seit ein paar Minuten auf dem Platz, den sie mir als Treffpunkt angegeben hatte, sie taucht mit einem breiten Lächeln auf. Sie trägt ein hübsches schwarzes Kleid, elegante Wildlederstiefel, eine Sonnenbrille, die ihr Haar zurückhält. Sie hat rosige Wangen. Sie ruft *Ciao*, als sie mich auf der anderen Straßenseite sieht, für einen Augenblick vergesse ich alles. Sie läuft über die Straße und küsst mich fest, hält mich noch fester, ein großer *abbraccio*. Sie sagt merk dir genau, wo wir sind, so findest du immer den Weg. Das hier, dieser Platz, ist die Piazza della Conciliazione. Ich verstehe: Trost.

Sie wohnt in der Nähe, in einer großen, ganz weißen Wohnung mit altem Parkettboden. Sie hat ein Büro mit Bücherregalen bis zur Decke, drei Katzen, die durch die großen Räume stolzieren, eine prachtvolle Küche mit einem riesigen Holztisch, bei dessen Anblick man gleich

Lust bekommt, sich hinzusetzen und einen Espresso zu trinken, ein paar Zeilen zu schreiben, und einen Balkon, auf dem man zwischen himmlisch duftenden Jasminblüten lesen kann. Ich fühle mich sofort zu Hause, in Sicherheit, geschützt, von der Welt abgeschnitten. Niemand wird mir bis hierher folgen, das ist sicher, und niemand kennt mich hier, ich bin durchsichtig, unbeachtet, inkognito. Unschuldig.

Ich weiß nicht, wann ich nach Paris zurückkehre, erzähle ich Isabella, ich würde gern ein wenig dein Land anschauen, ein wenig weiter als bis Mailand fahren, vielleicht bis Neapel, mit Nachtzügen, weil ich kein Geld habe und weil ich das über alles liebe, ja, warum nicht bis Neapel, ich möchte am Ufer des Meeres aufwachen, in einer Stadt, die ebenso glitzert und stinkt wie Marseille, so sieht meine Vorstellung von Neapel aus, Neapel stinkt doch, oder? Ich brauche das, denke ich, ich brauche Gestank, um den Blutgeruch zu übertünchen, der an mir haftet, der mir folgt wie eine purpurne Wolke blutiger Gischt, den Geruch, den ich überall wahrnehme, der mich durchdringt, der mir *Mörderin* auf die Stirn schreibt. Napoli, fragt sie und brüllt vor Lachen, ihr auffälliges Lachen, aber das ist das Ende der Welt, *carina*, Neapel ist der Süden, das ist fast ein anderes Land, weißt du, ein anderes Leben. Ich murmele ja genau, das will ich, ein anderes Leben.

7.

Daran erinnere ich mich, an das innehaltende Leben, an dieses Leben mit gedrückter Pausentaste, in dem ich untergetaucht, schwerelos war. Ich wartete, ja. Ich ließ mich durch die vorbeiziehenden Tage treiben, ich ließ mich treiben in dem Versuch, so zu tun, als wäre nichts. Ich wachte mit Übelkeit auf und war mitten am Tag müde, eine unvorstellbare, niederdrückende Müdigkeit, als ob ich es wäre, die nach Japan gereist war. Ich versuchte es ihr zu sagen, auf Skype, wo wir zu den unmöglichsten Zeiten ein paar Worte wechselten. Einstimmig zählten wir die Tage bis zu ihrer Rückkehr. Nur noch achtzehn Tage. Noch achtzehn Tage. Ich fixierte ihren Mund auf dem Bildschirm, als hinge mein Leben davon ab. Ihre Lippen formten Koseworte, die mich zeitversetzt erreichten. Als wir uns endlich entschlossen hatten aufzulegen, hatte die japanische Erde schrecklich zu beben begonnen, und es war wie eine ansteckende Seekrankheit, ich hatte den Eindruck, dass auch mein Zimmer sich bewegte, dass mein Parkett zitterte, dass mein Körper flackerte. Während des ganzen Erdbebens machten wir von unseren jeweiligen Betten aus weiter Scherze, und ich kam nicht umhin zu denken, dass wir das waren, das Erdbeben, dass es unsere Liebesgeschichte war, die seismische Erschütterung, die alles im Umkreis kilometerweit ins Wanken brachte, dass sie ein Erdrutsch war, eine Naturkatastrophe. An all das erinnere ich mich, dass ich dachte, glaubt mir, niemand kommt aus der Geschichte heil raus.

8.

Ich lasse mich auf das Sofa in Isabellas Büro fallen, decke mich mit einem indischen Tuch zu, das herumliegt. Ich falle augenblicklich in den Schlaf, wie in eine tiefe Ohnmacht. In meinem komatösen Zustand höre ich, wie Isabella ein wenig aufräumt, duscht, zum Einkaufen geht, klack wrums die Wohnungstür, zurückkommt und am Telefon plaudert, klack wrums die Wohnungstür, mit ihren Katzen Italienisch spricht, in der Küche herumklappert, das Essen zubereitet und leise vor sich hin murmelt. Ich möchte mein ganzes Leben lang dort schlafen, umgeben von den Geräuschen derjenigen, die weiterleben, derjenigen, die unwissend sind, unter den unschuldigen Geräuschen derjenigen, die nichts Böses getan haben.

Nach dem Aufwachen schäle ich, um ihr zu helfen, lautlos, wortlos zwei Kilo Kartoffeln. Das Radio neben uns plappert Italienisch, die Katzen dösen. Ich frage mich kurz, was der Vater meiner Tochter denken wird, wenn er erfährt, dass ich verschwunden bin. Ich bin mir nicht einmal sicher, ob er Alarm auslöst, so ein Fantast ist er. Ich fühle mich wie in Watte gepackt, in einem Leben, das jemand angehalten hat, das Leben von jemand anderem, der nicht ich bin. Isabella findet mich recht blass, rät mir, an die frische Luft zu gehen. Sie erklärt mir den Weg zur Mailänder Triennale, die im Palazzo dell'Arte stattfindet, im Park Sempione. Wenn ich ihrem Rat nicht folge, wenn ich nicht sofort rausgehe, werde ich, so mein Gefühl, ihre Wohnung nie wieder verlassen, ich werde eingesperrt und niedergeschlagen in dieser fremden Wohnung bleiben, in dieser fremden Stadt. Ich nehme nichts mit, ziehe mir nur meinen taupefarbenen Anorak über und gehe hinaus, klack wrums.

Die Straßen im Viertel sind breit und von großen Häusern gesäumt, die mehr sind als Häuser, Villen, historische Bauten. In der Via XX Settembre biegt sich der Bürgersteig unter malvenfarbenen, morbiden Glyzinien. Ich schaue mir beim Laufen die gewaltigen Gebäude an, ihre Säulengänge, ihre dunklen, verächtlichen Fensterläden. Mir fällt der Reichtum Roms ein, dekadent und erhebend. Ich laufe im Licht einer irrsinnigen Sonne, einer schamlosen Sonne, einer unverschämten Sonne. Einer unvorstellbaren Sonne, einer Sonne, die ich nicht verdiene. Der Palazzo dell'Arte ist prächtig, der Garten bezaubernd. All die Schönheit erschüttert mich, tut mir weh, dringt in meine Haut wie ein Messer. Ich wollte, dass die ganze Welt beschmutzt wäre wie meine blutbefleckten Hände, dass der Himmel tief hänge, die Sonne den Kopf senkte, wie ich mein Gesicht senke, voller Scham und Schuld.

Als ich zu Isabella zurückkehre, ist der Tisch am Fenster gedeckt, altes Besteck und schön geschwungene Gläser sind sorgfältig auf einer weißen Leinentischdecke platziert, Kerzen erhellen den Raum. Sie lacht über mein erschrockenes Gesicht, sie denkt sicher, dass ich überrascht und glücklich über die Art bin, mit der sie mich empfängt, sie sagt ich habe zum Essen ein paar Freunde eingeladen, sie weiß nicht, dass mich all die Pracht schockiert, dass ich das opulent und grotesk finde, dass nur noch die Weintrauben hier und da fehlen, damit wir bei den verstaubten Römern sind, und dass mir beim Anblick dieses royalen Empfangs übel wird. Übel auch bei der schönen Abendrobe, die sie anzieht, die sie mir kokettierend vorführt, übel bei ihrem geschminkten Gesicht, übel beim Warten auf das Klingeln der Gäste.

Ich bemühe mich trotz allem, richte meine Frisur, lege ein wenig Rouge auf. Vor dem Spiegel versuche ich, mein Haar zu glätten, ein wenig fröhlich auszusehen. Vergebens.

9.

Ich bin der Frau dankbar, die sich mir einfach mit *Ciao, sono Benedetta* vorstellt und dann nicht mehr mit mir spricht, sondern anfängt, neben mir eine Soße für die Zitronenpasta zuzubereiten und mich helfen lässt. Wie eine Marionette folge ich ihren Bewegungen, zerdrücke eine Knoblauchzehe und verrühre sie mit dem Saft, den sie aus den Zitronen presst, füge etwas Olivenöl und Parmesan hinzu, ich rühre, ich rühre, ich rühre. Ich schaue hypnotisiert zu, wie sich die Zutaten vermengen und cremig werden, es ist, als hätte ich noch nie im

Leben gekocht. Die anderen Gäste treffen ein. Isabella weist uns Plätze zu, alle setzen sich, eine teuer wirkende Flasche Wein wird geöffnet, ein unglaublicher Wein, preisverdächtig, sagt einer der Gäste anscheinend, nachdem er gekostet hat, ein brünetter Mann, der ungehobelt wirkt. Wir sind acht Leute. Ich verstehe nicht viel von den Gesprächen, alle reden sehr laut und schnell, mit vielen Gesten und Gelächter, ich erkenne nur ein paar Wörter, die den französischen ähneln und mir einen Hinweis auf den Inhalt des Gesprächs geben. Es ist mir ohnehin egal, ich bin da, ohne da zu sein, ich bin im Schlafzimmer in der Wohnung in Les Lilas, neben Sarahs eingeschlafenem Körper, neben Sarahs totem Körper, neben ihrer noch eine Zeit lang warmen Haut, neben ihrem schönen reglosen Gesicht, neben ihrem kahlen Schädel, gekrönt von den Magnolienschatten. Flieder und Magnolien, ein schöner Strauß für eine Verstorbene. Du verdienst es, meine Liebste.

Ich bin nicht imstande, ein Stück von dem Fleisch zu essen, das Isabella uns als *secondo piatto* serviert, ich sehe Sarahs Körper darin, Sarahs zerstückelten und zerschnittenen Körper neben dem Püree aus den Kartoffeln, die ich selbst geschält habe. Ich schaue sie einen nach dem anderen an, alle sieben in ihren schönen Kleidern, mit ihren schönen Worten in ihrer schönen Sprache und ihren schönen Gesten, und es sind Menschenfresser, die ihren Körper verschlingen, die ihr Fleisch mit ihren Zähnen zerreißen, die keinen Fetzen übrig lassen. Mir wird schlecht. Zum Dessert gibt es Grapefruitsorbet, das ich gerne annehme, die Kälte und die Säure fließen in meine Kehle und verscheuchen den Drang, mich zu übergeben. Ich gehe ohne ein Wort schlafen, als die Gäste noch da sind. Erneut schlafe ich sofort ein, eine Ohnmacht inmitten ihrer lauten, verfressenen Stimmen, ihres Kannibalengelächters.

10.

Daran erinnere ich mich, ich weiß, wie es ist. Am frühen Morgen an sie geschmiegt zu sein. 7.04 Uhr, das Radio schreit syrische Neuigkeiten in das feuchtwarme Zimmer, ich will mich erneut in den zerbrochenen und bereits verlorenen Schlaf flüchten, in diesen ein wenig lauwarmen Schlaf, der auf leidenschaftliche Nächte folgt, Nächte ausgehungerter, verzehrender, unersättlicher Liebe, diese Liebesnächte, in denen ich den Eindruck habe, dass wir sie nicht überleben werden, dass wir genau hier sterben werden, einfach so, diese Liebesnächte, in denen wir unsere Herzen verzehren, voilà, das ist es, wir verzehren unsere in der Handfläche der anderen zu kleinen Krümeln zermahlenen Herzen, die Nächte, in denen mir nach Weinen zumute ist, so sehr möchte ich in ihrem Körper vergehen, versinken, verschwinden. Daran erinnere ich mich, ich weiß, wie es ist, in den Wolfsnächten, in denen wir durch die Stadt streifen. In Paris weckt man damit nachts um 0.34 Uhr die Neugier. Die Leute drehen sich schweigend nach uns um, unseren leicht schwankenden, doch nie stürzenden Gestalten, unseren Gesichtern, die auf die gleiche seltsame Art strahlen, vor Vergnügen, Dreistigkeit, Selbstsicherheit, Kühnheit, auf eine bestimmt auch sorglose Art, mit dieser Schamlosigkeit in unseren Augen. Im Taxi nach Hause zählen wir zusammen, was wir getrunken haben, und das Ergebnis reicht nie aus als Erklärung für die Trunkenheit, die uns beflügelt. Weil der Rausch von den gemeinsam verbrachten Stunden kommt, von dem Irrsinn dieses Lebens, das wir auf der Überholspur führen, Zeit, die wir der Zeit stehlen. Daran erinnere ich mich. Seit wir zu zweit sind, herrscht die Magie.

11.

Ich wache spät auf, so erschöpft, als wäre ich die ganze Nacht gerannt. Isabella ist bereits seit Langem auf, sie plaudert fröhlich mit zwei Gästen vom Vorabend in der Küche. Der brünette Mann, der immer noch genauso ungehobelt wirkt und mit extrem tiefer Stimme spricht, und eine Frau in den Vierzigern, mit grauem, lockigem Haar, sehr elegant in einem seidenen Negligé, die, es fällt mir wieder ein, Lisa heißt. Ich begreife, dass sie ein Paar sind. Isabella erzählt mir, dass sie nicht in Mailand wohnen, dass sie über das Wochenende gekommen seien, im Gästezimmer geschlafen hätten, am späten Nachmittag aufbrechen würden, um nach Slowenien zurückzufahren, wo sie lebten. Sie schickt mich unter die Dusche. Ich bleibe lange im lauwarmen Wasser in der Badewanne sitzen, den Duschkopf zwischen den Schenkeln. Ich denke an all die Male, die Sarah und ich miteinander geschlafen haben, ich frage mich, wer nun meinen Körper berühren wird, nun, da ich sie nicht mehr sehen werde, nun, da sie mich nicht mehr liebt, nicht mehr begehrt, da sie es bevorzugt zu sterben.

In der Küche ist die Unterhaltung in vollem Gange. Ich bin erleichtert darüber, nicht alles zu verstehen, ihnen beim Sprechen zuzuhören, wie man ein Schlaflied hört, nur auf die Melodie zu achten und nicht auf die Wörter. Isabella gießt reichlich Sahne in den Kaffee, den sie mir anschließend reicht, dazu einen hübschen Teller mit einem großen Stück *pinza*, eine Spezialität aus Triest, die die Gäste mitgebracht haben, Gebäck, nach dem James Joyce verrückt war. Auf der kleinen Karte, die dem Kuchen beiliegt, steht: *conservare nella sua confezione originale ad una temperatura non inferiore ai 15°C*, dann *da consumarsi preferibilmente entro il* und kein Datum. Ich frage mich, bei welcher Temperatur man Sarahs Körper konservieren muss, damit er nicht verdirbt.

Ich erkundige mich nach Triest, die Stadt von Joyce, über die ich nichts weiß. Lisa redet ohne Punkt und Komma, sie beginnt sehr schnell in einer Mischung aus Italienisch, Englisch und Französisch zu sprechen, ich verstehe nur, dass es die Stadt ist, in der ihr Großvater aufgewachsen ist, dass sie dort als Kind jede ihrer Ferien verbracht hat, dass sie selten dorthin zurückkehrt, aber jedes Mal zutiefst gerührt ist. Nach dem Tod ihres Großvaters habe sie die Wohnung geerbt, in der er gelebt habe, aber keine Zeit, um sie instand zu halten, sie sei am Verfallen. Sie leben in Slowenien, sie und der brünette Mann mit der tiefen Stimme. Triest liegt auf dem Weg nach Mailand, sie haben dort eine Nacht haltgemacht, in der Wohnung des Großvaters geschlafen und sind am nächsten Morgen ganz früh eine *pinza* in der Konditorei kaufen gegangen, in der Joyce seine gekauft hat.

Mit seiner über sieben Jahrhunderte alten Geschichte ist das Schloss von Sforza ein außergewöhnlicher Beleg für die glorreichen und die dramatischen Zeiten, die Mailand durchlebte. Heute ist es eines der signifikantesten Denkmäler der Stadt und der Lombardei, den Mailändern lieb und teuer und bei Touristen aus der ganzen Welt bekannt. Es ist nicht nur ein grandioses Bauwerk, sondern auch ein reiches Schmuckkästchen für Originalkunstwerke und ein Studienort.

Isabella besteht darauf, mir das Schloss zu zeigen. Im Café, in das wir uns einen Moment setzen, reden wir über die Liebe, die Schmerzen, die man durchstehen muss, um die Freuden zu genießen. Sie stellt keine Fragen, als ich still zu weinen beginne. Sie sagt nur sanft, mit ihrem unwiderstehlichen Akzent, man müsse durch die Nacht kommen und am Tage aufblühen. Und dann geht sie zur Arbeit und lässt mich dort zurück, am Fuße der alten Steinmauern.

Um das Schloss herum lasse ich die Füße im Kies schleifen. Ich gehe ohne Überzeugung hinein, ins Museum, die Wangen salzverkrustet. Ich frage stammelnd nach dem Weg. Ich suche den von Leonardo da Vinci bemalten Saal. Im Shop kaufe ich eine Postkarte, um sie Sarah zu schicken, und schreibe sie gleich vor Ort, im Stehen, neben den Tassen und Magneten mit dem Abendmahl darauf. Danach versuche ich, zu Isabellas Wohnung zurückzufinden. Ich verirre mich. Es ist Sonntag, in Mailand wie anderswo. Alles ist geschlossen. Überall blühen Glyzinien.

12.

Als ich in die Wohnung zurückkomme, sind Lisa und der Mann mit der tiefen Stimme dabei, ihre Koffer zu packen. Lisa fragt mich in einer Mischung verschiedener Sprachen, ob ich Triest besichtigen wolle, ob ich daran interessiert sei, dass sie mir für ein paar Tage die Wohnung ihres Großvaters zur Verfügung stelle. Wenn ich interessiert sei, müsse ich jetzt auch meinen Koffer packen, denn der Weg nach Slowenien sei weit und sie möchten gern vor Einbruch der Nacht ankommen.

Ich öffne meinen roten Rucksack, ratsch ratsch, stopfe mein Halstuch und den Pulli hinein, den ich herausgenommen habe, verschließe ihn wieder, ratsch ratsch, laufe zu Isabella, um mich von ihr zu verabschieden, und schreie fast, als ich Lisa zurufe ich bin fertig, mit merkwürdig fröhlicher Stimme. Auf einmal überkommt mich echte Freude. Ich denke nicht mehr an Sarah, nicht mehr an ihren ausgemergelten Körper, den ich bei meiner Flucht zurückgelassen habe, ich denke nicht mehr an mein Kind, an den Vater meines Kindes, an meine Eltern, meine Schüler, ich denke nur noch an dieses Auto, in das ich steigen werde, dieses fremde Auto, das von Fremden gesteuert wird und mich in eine mir fremde Stadt bringen wird. Ich fühle mich leicht, habe Lust zu lachen. Ich fühle Euphorie, es ist das Ende eines Abenteuers, der gesegnete Moment, wenn die Welt endlich aufhört, sich zu drehen.

13.

Daran erinnere ich mich, an die Gewalt zwischen uns, an Sarahs zornige grüne Augen, aber nein, nicht grün, ihre Absinthaugen mit den hängenden Lidern, an ihren boshaften Mund, an ihre wilden Gesten. Ich weiß, wie es ist. Ich gehe. Ich flüchte. Ich flüchte bereits. Ich nehme die Metro. Und dann stets die Gare Saint-Lazare, Vorortzüge, egal welche, die erstbesten. Und einen Augenblick lang ist es gut, ja, es ist gut. Ein Schlingern wie ein Aufschub. Irgendwo, in einer zufällig ausgewählten Stadt, steige ich langsam aus dem Zug. Daran erinnere ich mich. Es ist August, die jungen Frauen sind ganz braun gebrannt unter ihren dünnen

Kleidern, die Männer in Shorts riechen nach Haaren, die zu lange der Sonne ausgesetzt waren. Ich gehe nicht weit, niemals, ich begnüge mich mit dem ersten Café, das ich finde. Oft ein Bahnhofscafé. Der Name bedeutet mir nichts, ich bestelle ohnehin immer das Gleiche: eine Limonade. Ich weiß, wie es ist, wenn die Kohlensäure in der Nase prickelt, während der Kummer überall sticht, der Zitronengeschmack, der mich in meine Kindheit zurückschickt, oder auf jeden Fall irgendwohin, wo *es gut ist*. Dort warte ich lange Zeit, streiche mit dem Finger über den feuchten Beschlag auf meiner Flasche, bis er nass herabperlt. Ich denke an nichts. Ich schaue den Passanten zu, beneide sie um ihr Leben mit der ganzen Unwissenheit, die sie ausstrahlen. Vielleicht verachte ich sie auch ein wenig. Arme Kerle. Arme Idioten. Ihr wisst es nicht. Wie lange der Schmerz anhält.

14.

Im Auto schlafe ich schnell ein, eingelullt von der Unterhaltung zwischen Lisa und ihrem Lebensgefährten auf Italienisch und Slowenisch. Sie verschärfen immer wieder den Ton, als ob sie sich ununterbrochen streiten, aber nennen sich trotzdem gegenseitig *amore*. Nach einer Weile machen wir an der Autobahn Rast. Der brünette Mann, der nicht ein Wort Französisch spricht, bietet mir einen Kaffee an, mit unendlicher Sanftheit, fast Mitleid im Blick, als wüsste er, was ich getan habe, als hätte er alles verstanden. Ein Moment des Stillstands, nichts geschieht, da sind nur seine braunen Augen, die mich auf einmal ansehen, inmitten des Trubels an der Tankstelle, seine braunen Augen, die mich ohne zu blinzeln einen langen Moment ansehen. Er nickt, als er mir den Becher reicht. Ich fühle mich demaskiert. Als wir wieder ins Auto steigen, überlässt er Lisa das Steuer und bittet mich, vorne Platz zu nehmen, neben ihr. Er legt sich der Länge nach auf die Rückbank, und es berührt mich, ihn so zu sehen, seinen großen, massigen Körper, auf die unbequemen Sitze gebettet wie der eines Kindes. Sobald wir wieder auf der Autobahn sind, fängt er an zu schnarchen.

Lisa und ich unterhalten uns in einem merkwürdigen Kauderwelsch. Sie erzählt die Geschichte ihrer Liebe zu dem slowenischen Bären, wie sie sich ganz jung getroffen hätten, an einem verschneiten Tag, kurz vor Weihnachten, in Slowenien, wo sie eine Freundin besucht habe. Sie beschreibt mir ihr langes Leben zusammen, ihren Kinderwunsch und dann die unangenehmen Zufälle, die dazu geführt hätten, dass sie keine bekommen könnten, ihre trotz allem glückliche Existenz, vor allem seit sie die Stadt verlassen hätten und in einem kleinen Haus auf dem slowenischen Land lebten.

Ich döse ein wenig ein, ganz perplex von der Schönheit des Abendlichts, dem sinkenden Licht über den Weinbergen, die ich wie hypnotisiert vorbeifliegen sehe. Als wir an Venedig vorbeifahren, spielt das Radio *Hit the*

Road, Jack und Lisas Stimme gesellt sich zu der von Ray Charles, um den Refrain zu singen, *hit the road, Jack, and don't you come back no more, no more, no more, no more.*

15.

Als wir in Triest ankommen, geht gerade die Sonne unter. In einer Wegbiegung, in einer Kurve, ist da plötzlich, dargeboten wie ein Geschenk, das seit Jahren an dieser Stelle bereitliegt, mit seinen goldenen Reflexen blendend vor Schönheit, das Adriatische Meer. Der Anblick ist wie ein Faustschlag ins Herz. Wie ist es nur möglich, dass die Schönheit die Katastrophe überdauert, das Unnennbare? Dass diese Dinge in einem Leben ohne sie fortbestehen? Das wunderschöne Meer, die Ruhe der milden Luft, die uns durchs Haar fährt, die Musik im Radio, ein Auto auf den Straßen Italiens und das Rot der untergehenden Sonne, das es nicht einmal gibt. Diese unvorstellbare Sonne.

Lisa und der slowenische Bär führen mich durch die kleinen Gassen von Triest. Lisa warnt mich, dass die Wohnung ihres Großvaters wirklich in schlechtem Zustand sei, es tue ihr leid, dass sie mir nichts Besseres bieten könne, sie hoffe, dass ich trotzdem eine gute Zeit hier verbringe, dass es ihr Freude bereite zu wissen, dass für ein paar Tage jemand in diesen Mauern leben werde. Die Wohnung liegt im obersten Stockwerk eines alten Gebäudes. Es ist seit Langem unbewohnt. Lisa öffnet die Tür und der Geruch einer vergangenen Zeit steigt mir in die Nase. Sie bestätigt, dass sich hier seit den Fünfzigern nichts verändert hat, dass seit dem Tod ihres Großvaters, der zuvor jahrelang mit den gleichen Möbeln gelebt hatte, niemand daran gerührt hat. Sie zeigt mir, wo ich saubere Laken finde, wie ich die Tür zur Dachterrasse öffne, gibt mir ihre Telefonnummer, sagt, ich solle nicht zögern, sie anzurufen, wenn irgendetwas fehle, und dann umarmt sie mich und sie gehen, Slowenien ist noch weit.

Stille. Die erste wirkliche Stille, seit ich aus der Wohnung in Les Lilas gerannt bin. Eine Leerstelle. Ich stehe im Wohnzimmer. Müde. Stille. Stille. Stille. Sie ist tot. Ich habe sie getötet. Ihre Krankheit hat sie getötet. Unsere Liebe hat sie getötet. Sie hat sich umgebracht. Sie hat eine zu hohe Dosis ihrer Medikamente genommen. Ich habe sie getötet, weil ich es nicht ertragen konnte, sie leiden zu sehen. Ich habe sie getötet, weil das nicht vorstellbar war, ihr ausgemergelter Körper, zermalmt, ihr kahler Schädel. Ich habe sie getötet, weil sie mich wahnsinnig machte. Ich habe sie getötet, weil sie mich nicht mehr lieben wollte. Ich weiß es nicht mehr. Eine Leerstelle in meinem Kopf. Ich weiß nicht mehr, was passiert ist. Wir haben miteinander geschlafen, das ja. Und danach. Ist sie zumindest wirklich tot? Ich weiß es nicht mehr. Ich habe alles vergessen.

16.

Ich schließe die Tür hinter ihnen ab. Und auf einmal ist alles ein Fest. Ich bin ein Kind, das seine Eltern zum ersten Mal allein zu Hause lassen. Ich renne fast, um die Terrassentür weit zu öffnen. Als Lisa mich herumführte, hatte ich nicht wahrgenommen, dass es eine derart große Dachterrasse mit großem Tisch und einem atemberaubenden Blick auf die Stadt und das Meer gibt. Ich kann es nicht fassen. Ich will am liebsten tanzen, singen, aus vollem Halse schreien. Ich öffne meinen roten Rucksack, ratsch ratsch, reiße stürmisch meine Sachen heraus und richte mich ein. Meine wenigen Kleidungsstücke ordentlich auf Kleiderbügel, meine Kosmetik in die Schubladen eines Badschranks. Ich hole mein Handy hervor, das ich in dem Moment ausgeschaltet habe, als ich vor Sarah geflohen bin. Einen kurzen Augenblick lang ist mir danach, es einzuschalten, zu schauen, ob sie mich nicht angerufen oder eine Nachricht geschrieben hat. Ich überlege, dass sie sich vielleicht Sorgen macht, dass ihre Stimme vielleicht auf meinem Anrufbeantworter ist, ihre Stimme, die ich so liebe, ihre Stimme, die sagen würde, dass sie sich geirrt habe, dass sie mich liebe, dass ich wiederkommen müsse. Und dann fällt mir ein, dass sie tot ist. Ich lege das Telefon in den Unterschrank in der Küche, in einen Kochtopf, mitsamt dem Ladegerät. Nach einiger Überlegung lege ich meinen Ausweis dazu. Ich stelle einen anderen Topf darüber und schließe den Schrank.

Ich streiche meine Kleider mit der Hand glatt, lege ein wenig Rouge auf, ein wenig Mascara. Ich nehme nur mein Portemonnaie mit. Ich bin bereits von meiner plötzlichen Freiheit berauscht, habe aber dennoch vor, zur Feier des Tages mit mir selbst anzustoßen. Im Spiegel des Aufzugs, ebenso alt wie die Wohnung, in der ich hause, zwinkere ich meinem Spiegelbild zu und flüstere der, die ich dort sehe, zu so schlecht kommen wir doch gar nicht davon, für eine Mörderin.

Draußen habe ich Lust zu tanzen. Ich kann es nicht fassen, hier zu sein, allein, in dieser Stadt, von der ich noch nie gehört hatte, in der milden Luft einer Aprilnacht. Ich laufe gut gelaunt die Straße runter, die ganz schön steil abfällt. Die Nacht ist über Triest hereingebrochen. Als ich das Meer erblicke, flackert es von den orangefarbenen Lichtern der Schiffe. Ich bewahre mir das Vergnügen, es aus der Nähe zu sehen, für den nächsten Tag auf. Ich betrete ein schick wirkendes Café, das Caffè San Marco, das zu meiner Freude gleichzeitig eine Buchhandlung ist. Ich erfahre, dass man hier bis Mitternacht etwas zu essen bekommt. Perfekt, alles ist perfekt. Ich bestelle *gnocchi al ragù* und eine große Flasche Mineralwasser. Der Teller, den man mir bringt, erscheint mir als die erfreulichste Sache der Welt. Zufrieden lächelnd verschlinge ich mein Essen. Die Wasserflasche ist so hübsch, dass ich sie ungeniert in meine Tasche gleiten lasse, mit der festen Absicht, sie zu Hause als Vase zu nutzen. Zurück in der Wohnung, lasse ich mir ein Bad ein. Ein Fest! Hier bin ich außerhalb der Reichweite der Welt. Mir kann nichts passieren. Mit einem breiten Lächeln lege ich mich auf das Schlafsofa, das Lisa mir gezeigt hat. Im alten Schlafzimmer ihres Großvaters steht ein Bett mit ihren Laken, für den Fall, dass sie zwischen Mailand und Slowenien haltmachen, und es ist ihr lieber, dass ich nicht darin schlafe. Sie hat mir das Zimmer nicht einmal gezeigt, und mir, der kreuzbraven Schülerin, kam es nicht in den Sinn, die Tür zu öffnen. Ich falle augenblicklich in tiefen Schlaf.

17.

Als ich die Augen öffne, wird es in Triest gerade erst hell. Ich habe es eilig, auf die Terrasse zu kommen, um zu schauen, ob ich nicht geträumt habe, ob dieser Ort wirklich existiert. Ja, der unglaubliche Ausblick ist immer noch da, im Morgenlicht noch schöner. Schier endlos reihen sich die Dächer aneinander und stürzen sich dann ins Meer, das in der Ferne blau, fast blassviolett schaukelt. In der alten Küche bereite ich mir mit dem, was ich im Schrank finde, ein Frühstück zu, Reiswaffeln, ein wenig Marmelade. In einer Ecke stoße ich auf eine Flasche Grapefruitsaft. Ich überprüfe das Verfallsdatum, trinke einen großen Schluck aus der Flasche, barfuß auf den angeschlagenen Fliesen, die Säure brennt mir in der Kehle, betäubt meinen Mund, tut wahnsinnig gut. Ich krame in den Schubladen, bis ich ein winziges Sieb für den Tee finde. Ich komme mir in dieser Wohnung vor wie Robinson Crusoe, wie ein blinder Passagier auf einem großen Schiff, in diesem Fall das Gebäude, auf einem großen Ozean, der die Stadt wäre. Ich suche weiter, nach einem Blatt Papier, wie ein Einbrecher durchwühle ich die Schubladen eines Holzschreibtischs, finde einen Stapel alter Blätter. Ich gehe zu meinem roten Rucksack, ratsch ratsch, um einen Stift zu holen. Ich gehe zurück auf die Terrasse, barfuß vor der unwirklichen Aussicht. Von den Kaminen aus Ziegelstein schauen mich spöttisch die Möwen an. Ich setze mich an den Terrassentisch, denke, dass ich schreiben muss, um aufzuhören, in meinem Kopf mit mir selbst zu reden, um zu versuchen, mich daran zu erinnern, was in jener Nacht in Les Lilas geschehen ist. Wir haben miteinander geschlafen, ich weiß. Aber danach.

Ich nehme mir die Zeit, das Schlafsofa zusammenzuklappen, das Wohnzimmer ein wenig aufzuräumen, ich klopfe auf ein paar Kissen und eine Staubwolke steigt empor. Ohne länger zu überlegen, mache ich mich an den großen Hausputz, mit dem, was zur Verfügung steht. Ich schüttele die Kissen auf der Terrasse aus, der Staub brennt mir in den Augen und bringt mich schrecklich zum Husten, mit feuchten Lappen wische ich über die Regale. In der Küche mache ich eine Inventur der Utensilien, hole meine liebsten aus den Schränken und reihe sie auf dem Tisch aus Formica auf. Ich entscheide willkürlich, dass ich nur diese verwenden werde. Eine hübsche Teekanne aus blauem Metall, einen alten Wasserkocher, ein winziges Holzbrett, Geschirr, das mich an meine Mutter erinnert, eine blumenverzierte Schüssel. Ich spüle und trockne sie ab, dann räume ich sie in einen Schrank, der, so beschließe ich, mein Schrank sein wird.

Einer plötzlichen Eingebung folgend öffne ich die Tür zum Schlafzimmer von Lisas Großvater und bleibe verblüfft an der Schwelle stehen. Der Raum ist im Vergleich zum Rest der Wohnung sehr groß, mit einem schönen Parkettboden und einem außergewöhnlichen Fenster, wie ich es noch nie gesehen habe, ein riesiges rundes Fenster. Ich bin beeindruckt von dem breiten Bett mit Molton-Auflage und Wäsche aus Toile-de-Jouy und den deckenhohen Schränken, deren Türen mit dem gleichen Motivstoff bezogen sind. Das Gesamtbild ist eindrucksvoll, ein creme- und rosafarbener Kokon, ein bisschen kitschig, ein bisschen rührend. Die Vorstellung eines alten Mannes in diesem Marie-Antoinette-Dekor bringt mich leicht aus dem Gleichgewicht, erschüttert mich. Ganz sachte schließe ich die Tür, wie um nicht zu stören, und gehe mit leisen Schritten davon.

Im Badezimmer versuche ich, mich ein wenig einzurichten. Ich bereue, nicht mehr Sachen zum Anziehen mitgenommen zu haben, mehr Schminke, ein paar Schmuckstücke. Ich bin begeistert, als ich im kleinen Salon einen Plattenspieler und daneben ein paar Schallplatten entdecke. Ich nehme die erstbeste. Schubert. Mein Herz schlägt schneller, ich denke an Sarah und sofort werden meine Hände feucht und ich habe einen

Kloß im Hals, fast gleitet mir die Platte aus den Händen, als mein Blick auf das Wort *Violine* fällt, mein Puls rast, ich drehe die Platte um, sage mir, dass das ja wohl nicht möglich ist, dass es ausgerechnet eine Platte mit einem Streichquartett ist, mir tut alles weh. *Die Forelle*, da steht es, und ich lache erleichtert auf. Ich nehme mir vor, das Quintett nach meinem Spaziergang zu hören. Streicher und Klavier, das hat nichts mehr mit Sarah zu tun.

18.

Erneut überkommt mich Freude, als ich die Wohnung verlasse, meinen Unterschlupf abschließe, mich in den Aufzug schiebe, der ächzt wie ein alter Mann. Der Tag wird schön, am Himmel ist keine Wolke zu sehen. In der Luft liegt ein leichter Duft, den ich nicht erkenne. Ich nehme die Straße in Richtung Stadtmitte, wie am Vorabend, komme am Caffè San Marco vorbei ohne anzuhalten, trotz der bunten Korbstühle auf der Terrasse, die mir schöne Augen machen. Ich will das Meer sehen, das ist zu einem dringenden Wunsch geworden, ich will wissen, ob ich in diesem Meer baden kann, ob ich mich in diesem Meer ertränken kann, wenn mich jemals die Lust packen sollte.

Daran erinnere ich mich, an meine Streifzüge durch Marseille, als sie gesagt hatte, dass sie mich nicht mehr liebt, es ist vorbei, verstehst du, es ist vorbei, ichliebe-dich-nicht-mehr, und dabei jedes Wort betonte, ich erinnere mich, wie ich mich auf das Dach der Cité Radieuse gelegt habe, um meinen Kummer herauszuschreien, strahlend am Arsch, strahlend von wegen, wie ich bis nach Malmousque gelaufen bin, auf der Jagd nach unseren Erinnerungen, bei einem alten Juden, der mich immer mein Mädchen nennt, Couscous gegessen habe, los, iss mein Mädchen, hat er gesagt, und mir meinen Teller gereicht, aber ich konnte nichts essen, habe stattdessen einen Zehn-Euro-Schein auf den Tisch gelegt und mich davongeschlichen wie eine Diebin. Daran erinnere ich mich, an Saint-Charles, den Bahnhof von Marseille, an die Worte, die sich bereits in meinem Mund überwarfen, an das, was ich ihr sagen wollte, ihr langsam und artikuliert sagen wollte, so wie man mit Kranken spricht, mit denen, die den Kopf verloren haben, meine Liebste, wir lieben uns doch, das weißt du, nicht wahr, und ich erinnere mich an sie, die mir mit ihren Worten zuvorkam, ihren schrecklichen Worten, mit ihrer Kummerstimme, ich wollte dich anrufen, weißt du, aber ich habe es nicht geschafft, denn ich muss dir sagen, ich bin krank, es ist ernst, ich habe Brustkrebs. Daran erinnere ich mich, an die Kälte in meinem Körper und an die Wolke, die zu den anderen Wolken schwebte, über den Gleisen.

Ich begreife diese Stadt nicht, betrachte in den Straßen die ständig wechselnde Architektur, verrückt und zugleich gut strukturiert, eine Stadt, die einen schwindelig macht und versucht, einen an der Nase herumzuführen, es kommt mir vor, als wäre ich in Deutschland, Österreich, Frankreich, sogar in Schweden, manchmal in Italien. Sogar die Sprachen überlagern sich, vermischen sich, man weiß nicht mehr, wer wer ist.

Zwischen den Fassaden in allen Farben verlässt mich jedoch nie die Freude. Überall blitzt die Sonne durch, dringt in jede Gasse, und das Meer, das Meer ist immer da, beim Verlassen der Straßen, am Ende jedes Weges, Einbahnstraßen in den Jodgeruch. In einem etwas kitschigen Geschäft probiere ich Kleider an, lasse mich von einem grünen fast in Versuchung bringen, bevor mir klar wird, dass es mir gefällt, weil es fast die Farbe von Sarahs Augen hat, angewidert hänge ich es zurück und flüchte aus dem Geschäft, *arrivederci*, so. Vor einer Kirche höre ich eine ganze Weile einem hübschen jungen Mann dabei zu, wie er Wiener Walzer auf der Violine spielt, ich denke, dass ihr das nicht gefallen würde, dass sie sicher fände, er spiele schlecht, dass man so die Musik entstellt, ich weiß, dass sie mir, wäre sie da, auf den Geist gehen würde, mir das verderben würde, ich antworte ihr in meinem Kopf, ich führe den ganzen Dialog und den ganzen Streit, aber es hat einen faden Beigeschmack. Wie öde ist das Leben ohne dich und deine Antworten. Was hast du dir dabei gedacht, mich dich ermorden zu lassen.

Im Caffè Specchi bestelle ich eine *latte*, ich überlege, dass ich mir zumindest eine Sonnenbrille zulegen sollte, ich bezahle und mache einen langen Spaziergang am Meer. In einem Supermarkt kaufe ich eine 250-Gramm-Packung *taralli* mit Olivenöl, eine Flasche *acqua frizzante*, weil es inzwischen sehr heiß ist. Ich esse das ganze Gebäck auf einmal, während ich immer weiter laufe.

Alles vermischt sich. Baustile, Straßen, Gebäude, Sprachen, Gesichter. Ich weiß nicht mehr, warum ich hier bin, warum ich am Meer entlanglaufe, in dieser mir unbekannten Stadt. Die Freude verlässt mich, wie sie über mich gekommen ist, mit einem Mal, abrupt, ohne Vorwarnung. Ich streife ziellos herum. Ich spreche mit Sarah, als wäre sie bei mir. Am Ende einer Straße hängen schöne rot-weiße Plakate, die mich dazu bringen, trotz meiner plötzlichen Müdigkeit, meiner schmerzenden Füße noch ein Stück weiter zu gehen. Von Weitem lese ich nur *libero*, wiederhole es in meinem Kopf, es klingt wie, Liebe oh, Liebe oh. Ich nähere mich zögerlich, mit langsamen, unsicheren Schritten. Kommst du, wir schauen, was dort auf den Plakaten steht. Los, komm, meine Liebste. Dort steht *vota Trieste, territorio libero di Trieste*, es muss um Wahlen gehen, denke ich, ich bin beruhigt, dass mein Gehirn noch ein bisschen funktioniert, trotz der dunklen Wolke über meinem Kopf.

19.

Hinter den Plakaten führt eine Straße zu einem verlassen wirkenden Gebäude hinab. Es ist so heiß inzwischen. Das Sprudelwasser habe ich ausgetrunken. Seit
ich die Wohnung verlassen habe, laufe ich ziellos umher.
Als ich auf den Bau zugehe, stelle ich fest, dass es sich
um einen stillgelegten Marinehafen handelt. Niemand
ist zu sehen, aber es scheint, als ob der Ort eilig verlassen
wurde, eine Geisterstadt. Die Gebäude sind halb ein-
gefallen, der Dachstuhl eingestürzt. Übrig ist ein kleines
blaues Haus, das ein Ort zum Ausruhen für die Arbeiter gewesen sein muss, und ein oder zwei blechgedeckte
Hallen, die sich gerade so aufrecht halten. Alles ist von
Unkraut überwuchert, von einer närrischen Natur, die
überall hinwächst, wo sie hinwachsen kann. Brenn-
nesseln streifen meine Knöchel, holen mich ein wenig
aus meiner Lethargie. Ich bemerke, dass ich laut mit mir
selbst spreche, als ob sie mich begleitet. Ich muss wieder
zu Verstand kommen, mich erinnern, was in jener Nacht,
in ihrer Wohnung in Les Lilas geschehen ist, an ihren
toten Körper, daran, warum sie gestorben ist. Ich muss
mich konzentrieren, mich erinnern, warum ich hier bin,
in Triest, in Italien. Es ist wichtig.

Zwischen den Hallen steht eine blassblaue Bank,
eine aus minderwertigen Brettern gezimmerte Bank, nur
nachlässig gestrichen, das sieht man. Ich frage mich, wer
das getan hat, wer sich die Zeit genommen hat, hier, an
diesem ehemaligen Hafen, eine kleine blassblaue Bank

zu bauen. Ein Arbeiter in seiner Mittagspause, um sich ein bisschen in die Sonne zu setzen, um mit den Kollegen einen Kaffee zu trinken, ohne im Schotter zu sitzen, um sich vielleicht für einen kurzen Mittagsschlaf hinzulegen. Der Ort ist wie ausgestorben. Es weht kein Lüftchen, es gibt kein bisschen Schatten. Ich lasse mich auf die blassblaue Bank fallen. Mir tut alles weh, der ganze Körper. Meine Gedanken schwirren umher. Man sieht von hier aus ein wenig vom Meer, aber vor allem hört man es singen, gelassen, beruhigend, weit. Es tut gut, es in der Nähe zu wissen. Ich schließe die Augen.

Ich wende mein Gesicht dem Licht zu. Draußen, ich bin draußen. Rauchgeruch liegt in der Luft. Hier zu sein gleicht einer Rückkehr in die Kindheit. Die weiße Aprilsonne am Ufer der Adria ähnelt der weißen Aprilsonne, als ich fünf war. Die leeren Depots, gebaut aus wenig Holz und viel Blech, ganz hinten die Ziegelmauer und dann der alte Gemeinschaftsgarten am blauen Haus, es ist, als wäre ich schon einmal hier gewesen, als ob ich dies alles schon auswendig kenne. Das Mandelgrün der zerstörten Fensterläden einer alten Behausung, der Rauchgeruch, der mir in den Kopf steigt, der Gesang der Vögel. Es ist Frühling, es ist Frühling, ein Frühling, der melancholisch stimmt. Ich weiß nicht mehr, warum ich hierhergekommen bin, in diesen hintersten Winkel von Italien. Paris-Triest, um sie, Sarah, zu vergessen? Um irgendwohin zu fahren, wo sie noch nie gewesen ist, um an einen Ort zu gehen, dessen Namen sie nie in den Mund genommen hat? Ein von ihr, von uns unbeschriebenes Terrain. Und dann stoße ich auf meine Kindheit. In Triest liegt die wiedergefundene Zeit.

Daran erinnere ich mich, an das Auto, das mit einem Affenzahn auf die Ringautobahn fuhr, an den Slalom um die anderen Autos. An den roten Ampeln schauen wir uns in die Augen, wir können nicht anders. Der Sonntag in Versailles, an dem wir beide die königlichen Alleen entlangspazieren, die aufplatzenden roten Knospen an den sorgfältig beschnittenen Bäumen betrachten. Die Nachmittage bei ihr zu Hause in Les Lilas, an denen wir Tee trinken, Kaffee und wieder Tee, und dabei Musik hören, die sie zum Singen bringt. Die Freiheit der Mittwoche ohne das Kind. Unser Vergnügen, *trotz allem, gar nicht so schlecht*. Trotz allem, Komma, gar nicht so schlecht. Manchmal Küsse, manchmal nicht. Eines Abends sucht sie minutenlang nach der Bezeichnung für die mathematische Methode, die sie kurz zuvor angewendet hat. Sie erinnert sich nicht mehr, sie überlegt, trommelt mit den Fingern auf den Tisch, springt auf, um im Internet nachzuschauen, kommt kurz darauf wieder zurück. Und sie sagt, die Hände am Türrahmen, ach endlich, ich hab es gefunden, das ist eine binomische Formel.

20.

Hör bitte auf zu lachen. Hör auf, in meinem Kopf zu lachen, hör auf, so nah neben mir zu lachen. Lass mich in Ruhe, in Ordnung. Ich habe dich getötet, weil ich dich liebte, weil ich nicht mehr mit ansehen konnte, wie du leidest, deinen Körper nicht sehen wollte, deinen majestätischen Körper, deinen Königinnenkörper, deinen so geliebten und so begehrten Körper, ich konnte nicht mehr mit ansehen, wie er von der Krankheit versaut wird. Ich habe dir all das gesagt, an jenem Abend. Kurz bevor. Weißt du, erinnerst du dich? Wir haben miteinander geschlafen. Ich jedenfalls erinnere mich. Ich weiß, wie es ist. Meine Finger tief in dir, tief in dir, die sich fast nicht mehr rühren kann. Mein Mund auf deinen trockenen Lippen. Meine Küsse auf deinen malvenfarbenen Lidern. Der Gedanke, dich ein letztes Mal kommen zu lassen. In dem Augenblick habe ich meine Entscheidung getroffen. Ich wollte, dass du kommst und dann einschläfst, dort, genau dort, in deinem Zuhause in Les Lilas. Dass du nie wieder aufwachst.

Daran erinnere ich mich, ich weiß, wie es ist. Die Küsse in der Rue Gracieuse. Die Küsse in der Rue Gracieuse, in dem kleinen verborgenen Winkel, unsere ersten Küsse. Sie sagt man könnte meinen, wir haben eine unstatthafte Beziehung. Die Hände kalt, ihre, meine, die Nasen rot, ihre, meine. Es ist der erste Winter, der Winter des Geständnisses wie ein Geschenk. Die kleinen Taschentuchpäckchen, am Vortag in der Rue Monge gekauft. Ich sage wie ein altes Ehepaar, wir machen gemeinsam unsere Einkäufe. Die Küsse in der Rue Gracieuse, das sind Abschiedsküsse, oder, in Ordnung, denn es kann so nicht weitergehen, das geht nicht, ich habe einen Lebensgefährten, ein Kind, ein geordnetes Leben. Und dann, ein paar Stunden später, nein, nicht in Ordnung. Egal, wenn das Leben komisch ist, egal, ob linkes Ufer oder rechtes Ufer, man weiß nicht mehr, wo man ist, egal, dass man über die Seine steigt wie über ein Rinnsal, egal, dass sie und ich, dass wir beide manchmal missmutig sind, oft melancholisch. Aber da sind die Botschaften, in denen es heißt, wenn wir uns heute Abend sehen, ist schlechte Laune verboten, die geteilten Vorlieben und die geteilte Abscheu, der Dreikönigskuchen, obwohl es nichts Bestimmtes zu feiern gab, die Euphorie, die uns bei einem unserer ersten Mittagessen nach und nach erfasst, haben die uns etwas in den Wein geschüttet, oder was, und dann gleich, aber nein, wir verstehen uns einfach gut. Der Winter, der mit leisen Schritten vorbeigeht, während wir dem Schnee beim Fallen zuschauen. Ich frage mich, ob sie bemerkt hat, wie sehr ich mich verändert habe, seit sie mir das Geständnis mit dem Streichholzduft geschenkt hat, ob sie mich dafür gut genug kennt. Sicher nicht. Aber ich bin es, die ihr in den Geschäften ihres Viertels hilft, eine Brille für sie auszusuchen, und sie ist es, die mir Musikstücke schickt, die ich je nach Stimmung hören kann. Der Zahlencode zu ihrem Wohnhaus, der Name ihres Parfums, der neue Tee, den ich nicht kannte, die Buchhandlungen, in die wir gingen, die Cafés, aus denen wir kamen, und ihre Hand, die mein Haar zerzaust.

Ich habe zur Wohnung zurückgefunden, die im obersten Teil der Stadt liegt. Ich bin lange gelaufen, habe mir Zeit gelassen und mir jede Abzweigung genau angesehen, um den Weg zu dem stillgelegten Marinehafen nicht zu vergessen, zu der blassblauen Bank, die mir ein paar friedliche Minuten geschenkt hat. Bevor ich hinaufgehe, mache ich für ein paar Einkäufe, ein paar Lebensmittel beim Supermarkt halt. Die Marke steht auf jedem Produkt. Spar. Ich weiß nicht, was ich kaufen soll, ich habe auf nichts Lust und trotzdem, ich bekomme allmählich Hunger. Ich nehme schließlich einen Korb, den ich mechanisch fülle. Spar, Spar, Spar. Ich lese fahr, fahr, fahr. Mein Herz schlägt viel zu laut in der Brust, bis in meine Schläfen. Ich zittere am ganzen Körper, ich bekomme Panik. Im Joghurtgang breche ich in Tränen aus. Die Auswahl ist viel zu groß. Ich sehe, als wäre es gestern gewesen, Sarah vor mir, im koreanischen Restaurant, wie sie sagt, dass sie sich nie entscheiden könne und dass das ein Problem sei im Leben. Dass sie alles wolle und das Gegenteil. Ich weiß nicht, was ich kaufen soll, lese überall, einfach überall fahr, fahr, fahr. Ich greife nach zwei Packungen Blaubeerjoghurt, meine Lieblingssorte, Gnocchi mit Spinat, ebenfalls meine Lieblingssorte, ich kaufe nur Dinge, die ich mag, ich denke an die Gefangenen, dort, in Amerika, die essen dürfen, was sie wollen, bevor sie getötet werden. Der letzte Tag eines Verurteilten.

Mein Atem geht schwer, als ich mit meinen Einkaufstüten aus dem Spar trete, ich versuche, die Tränen und die Angst, die mich im Supermarkt ergriffen hat, zurückzudrängen. Ich muss mich konzentrieren, ich muss das schaffen. Das Leben ohne sie ist trotzdem das Leben. Da gibt es die kleine blassblaue Bank, den Geruch des Meeres. Da drüben wartet, trotz allem, das Kind auf mich. Aber lieben bedeutet verraten. Lieben ist verraten, und das kann ich nicht tun. Meine Loyalität ist unerschütterlich. Ich weiß nicht, wie ich dich verraten sollte, meine Liebste. Ich könnte nie wieder jemand anderen lieben, weißt du das? Ich möchte mich immer an die Sekunde erinnern, bevor ich wusste, dass du existierst. Ich möchte mich immer an den Moment erinnern, bevor ich verstanden habe, dass es dich gibt und was mit uns geschehen würde. Ich bin Witwe. Ohne dich.

21.

Das Caffè Erica ist ganz klein, Hausnummer 19 in der Straße, die zur Wolkenwohnung hinaufführt. Als ich mit meinen Einkaufstüten vorbeigehe, lese ich, dass der Spritz dort 2,50 Euro kostet. Ich bleibe stehen, denke, dass mir nach diesem Gefühlsausbruch ein wenig Alkohol guttun würde. Ich bestelle ein Glas, und der Wirt, ein etwas älterer Mann, der ein paar Wörter Französisch spricht, bringt es mir, dazu ein paar Oliven. Er nimmt mir gegenüber auf einem mehrfach ausgebesserten

Stuhl Platz. Niemand sonst sitzt im Caffè Erica. Es ist so klein, man kann im Innern gerade aufrecht stehen. Es gibt den Tresen des Wirts und eine winzige Tür, die zu einer winzigen Toilette führt. Drei Tische auf der Terrasse. Er fragt, ob ich Kummer hätte, freiheraus, sofort, hast du Kummer, ich überlege, dass man es meinem Gesicht ansehen muss, meinen Augen, sogar der Art, wie ich laufe, mich fortbewege, durch eine Melasse kämpfe, die jede meiner Bewegungen verlangsamt, die klebrige Konfitüre der Realität, die mir ständig ins Gesicht klatscht, die Realität ohne sie, die Wahrheit eines Lebens, das es ohne sie zu führen gilt.

Ein Spritz, zwei, drei, vier. Ich weiß es nicht mehr genau. Mir ist ein wenig schwindelig, der alte Wirt bringt mich mit seinem primitiven Französisch zum Lachen, niemand sonst hat sich auf die Terrasse seines Lokals gesetzt, ich frage mich, ob das jeden Abend so ist oder ob mein Kummer die Leute in die Flucht schlägt. Oder vielleicht bist du es, mein Schatz, mit deinem wächsernen Schädel, das jagt einem Angst ein, eine so schöne Frau mit so schönen Augen, so grün, nein, nicht grün, so schönen Augen mit hängenden Lidern, und dann dieser kahle Schädel, diese Billardkugel. Los, steh auf, wir gehen nach Hause.

Ich laufe durch die hereinbrechende Nacht, meine Füße auf die sich verlängernden Schatten auf dem Bürgersteig setzend. Ich frage mich, wie es sein wird, in zehn Jahren, an Winterabenden. Ich sage ein Haus am Stadtrand voraus, weder hässlich noch hübsch, zwischen anderen Häusern, die weder hässlich noch hübsch sind. Der Nieselregen legt den Straßenlaternen orangefarbene Halskrausen um, der Asphalt auf den Straßen gleicht dem langen Rücken eines Fisches, die wenigen Passanten haben es eilig, Dampf steigt aus ihren Mündern, die schnell in ihre Telefone sprechen. In der Küche sind die Scheiben beschlagen, das Radio dröhnt, das Abendessen für die Kinder wird zubereitet, meine Tochter ist mächtig gewachsen und schlägt die Tür zu, verlangt nach mehr Ruhe, sie habe Hausaufgaben zu machen. Karamellisierter Reis im 20-Euro-Reiskocher, preiswerter Reis mit preiswerter Sojasoße auf ihren Tellern, für den sie stundenlang brauchen, und das geht mir auf die Nerven, also sage ich he, das geht mir auf die Nerven, beeilt euch ein bisschen, und ich bereue es sofort. Zum Nachtisch Clementinen, Zähne putzen, Hände waschen, im Radio heißt es 20.30 Uhr, ein wenig schneller, Küsse und die Erlaubnis, fünf Minuten im Bett zu lesen. Ich klopfe an die Tür meiner ältesten Tochter, sie hört abscheuliche Musik, sie seufzt, ich insistiere nicht. In der chaotischen Küche mache ich mechanisch den Abwasch, während das Radio vom Leid der Welt erzählt. Ich denke an das Jahr von Sarah Tod, vor einer Ewigkeit, vor zehn Jahren. Niemand erinnert sich noch an jenes Jahr. Die Euphorie unserer Liebe ist nicht mehr greifbar. Ich kann dieses Leben nicht mehr fassen. Ich kann es nicht mehr mit den Fingern streicheln, schaffe es nicht mehr, die alten Erinnerungen an die junge Frau, die ich war, auferstehen zu lassen. Während ich Wasser für den Tee auf-

koche, frage ich mich, warum ich sie nicht töten konnte,
oder vielmehr, warum sie aufgehört hat, mich zu lieben.

22.

Denn ja, du bist es, die aufgehört hat, mich zu lieben. Du hast mir das Geständnis dargeboten wie ein
Geschenk. Und dann, was ist dann geschehen? Danach
war es zu schwierig, die Stürme, der Aufruhr, die Verzweiflung. Doch wir haben uns geliebt, und daran erinnere ich mich. Ich weiß, wie es ist. In diesem großen
Haus, weit weg von allem, Zeit, um sich vertraut zu machen. Vom Bett mit den rauen Laken aus schaue ich zu,
wie der Staub in einem Lichtstrahl glitzert, während ich
höre, wie sie mit der Katze des Hauses spricht, ein wenig
abwäscht, Kaffee kocht. Die Vormittage ziehen sich mit
Arbeit in die Länge, sie an der Violine in dem großen,
lichtdurchfluteten Raum, ich an kleinen Prosagedichten
im Atelier meiner Freundin, voller Pinsel, matter Farben und ausgezeichneter Zeichnungen von Vögeln. Ein
Gefühl lässt mich nicht los, in diesen Tagen, in denen
wir alles übereinander erfahren, in diesen Tagen, in
denen wir unsere Gegensätzlichkeiten unsere Überein-
stimmungen unsere Diskussionen unser Bangen unser
Verlangen unsere Launen unseren Zwist gemeinsam
den ganzen Raum einnehmen lassen. Ein Gefühl lässt
mich nicht los, während ich zuschaue, wie ihre concertos
und meine Chartmusik, ihre Wassermelonenkerne und

meine Honigmelonenkerne, ihre gebräunte Haut und mein blasses Gesicht aufeinanderprallen. Es ist so schön, stundenlang auf verschiedenen Etagen des Hauses zu arbeiten, in dem Wissen, dass wir uns bald am Ende der Treppe, dass sich unsere Lippen auf dem Absatz treffen, dass sie und ich bald wieder im gleichen Raum sein werden. Es ist so schön, stundenlang zu diskutieren, in dem Wissen, dass wir früher oder später einer Meinung sein werden. Das ist wie in einem Film, den es nicht gibt, den ich im Kino aber gerne gesehen hätte. Ich wollte sie auswendig lernen, diese dem Sommer geraubten Tage und die wertvollen, darin verstreuten Augenblicke. Die Spazierfahrt im Auto, um auf einem Weingut ein paar Flaschen zu kaufen, mit offenen Fenstern und die Haare im Wind, die Abendessen im Garten an dem kleinen wasserblauen Tisch, ihre abendliche Zigarette, die mir auf die Nerven fällt, die ich ihr aber wieder anzünde, wenn sie ausgeht, die Lachanfälle in der Küche, die geteilten Geheimnisse, die Geschichten aus der Kindheit und der Blick des Metzgers, bei dem wir ein paar Kleinigkeiten kaufen und der uns ziemlich hübsch findet, oh ja, das merkt man. Ich bin verrückt danach, ihr beim Spielen zuzusehen, von einer Stufe der großen Treppe aus, ihre Augen in meinen, die Bachsonaten, die ich in- und auswendig kenne, nachdem ich die als Kind zum Geburtstag geschenkt bekommene Platte Tausende Male gehört habe. Und dann ist da diese unglaubliche Sache, diese fremde Sprache, die sie beherrscht und ich nicht, da ist diese unglaubliche Sache, sie lesen zu sehen, was ich kaum entziffern kann, sie sprechen zu sehen, wo ich stammele, verstehen, was ich nur hören kann. Sie schaut mir zu, mit ihren grünen Augen mit den hängenden Lidern, wie ich auf dem gespannten Seil, die Arme zur Balance ausgestreckt, kleine Schritte mache, auf sie zu. Und mit unendlicher Zärtlichkeit lässt sie mich aussprechen, was ich fühle, sagen, wovon ich wenig verstehe, mit ungeschickten, manchmal unkorrekten Wörtern. Es ist Sommer, daran erinnere ich mich, und ich tauche in die Musik ein, eingehüllt in ihre tiefe *Menschlichkeit*. Für mich eine Erziehung des Herzens, und eine Erziehung des Herzens, das bedeutet *Dis-moi quel est ton nom*, wo kommst du her, wie heißt du. *Oh, oh vertige de l'amour*, Schwindel der Liebe.

Triest ist eine Stadt in Italien, gelegen am Fuß der Dinarischen Alpen am Adriatischen Meer, ganz in der Nähe der italienisch-slowenischen Grenze. Die komplizierte Vergangenheit von Triest, das, bevor es zu Italien gehörte, für das Heilige Römische Reich und anschließend das Österreich-Ungarische Kaiserreich der wichtigste Zugang zum Mittelmeer war, und seine Lage am Kreuzweg von romanischen, germanischen und slawischen Einflüssen haben in der Stadt zu einer sehr speziellen Kultur und ganz eigenen Traditionen geführt. Die Stadtbevölkerung umfasst 205 535 Einwohner. Die Stadtbewohner werden Triester genannt. Die Wolkenwohnung liegt in der Via del Monte.

23.

Ein neuer Morgen in der Wolkenwohnung, auf dem Schlafsofa, von dem ich Rückenschmerzen bekomme. Ein neuer Morgen mit der *Forelle* in voller Lautstärke. Ein neuer Morgen mit dem Ausblick auf Triest von der Terrasse, die von spöttischen Möwen besetzt wird, die sich über meinen Kummer lustig machen, mit einem unbeschreiblich boshaften Lachen. Ein neuer Morgen, an dem ich denke, dass Sarah hier in der Wohnung ist, an dem ich denke, dass wir gemeinsame Ferien verbringen, ich im Geiste mit ihr spreche und dann auch laut. Ein neuer Morgen mit großen Schlucken Grapefruitsaft, um mich mit Säure anzufüllen, damit sie mich von innen verätzt, damit alles aufhört, vor allem die quälende Frage, was geschehen ist, in jener Nacht in Les Lilas, was ist geschehen. Ein neuer Morgen und noch einer und noch einer. Die Tage vergehen.

Jeden Tag ist es der gleiche Tag. Von der Terrasse aus werfe ich einen Blick auf die Stadt, die sich ins Meer stürzt, ich renne die Straße hinunter, voller Freude schlage ich den Weg zum Hafen ein. Ich möchte gern etwas anderes besichtigen, es gibt so viel zu sehen in Triest. Aber meine Füße tragen mich unweigerlich auf den immer gleichen Weg. So mache ich das seit ein paar Tagen, ich gehe die gleiche Strecke, sitze dort, umgeben von dem gelblichen Unkraut, auf der kleinen blauen Bank. So mache ich das seit vielleicht einer Woche, ich weiß es nicht, weiß es nicht mehr. Ich habe keinen Kalender, keine Uhr. Ich bin ein blinder Passagier. Wenn ich des Wartens müde bin, gehe ich den Weg zurück, mit langsamen, sicheren Schritten steige ich den Hügel der Stadt hinauf, ich gehe ins Caffè Erica und trinke Spritz, viele Spritz, dann gehe ich beim Spar vorbei, bevor er schließt, kaufe immer eine Packung Gnocchi mit Spinat und Blaubeerjoghurt, den ich auf der Terrasse esse, und schaue zu, wie die Nacht die Stadt einnimmt, das Meer einnimmt.

Ein weiterer Morgen und draußen herrscht Sturm, ein böiger Wind trotz einer unglaublichen, unvergesslichen Sonne, die sich spiegelt und mir in die Augen sticht. Eine unvorstellbare Sonne. Ich glaube, ich habe noch nie einen solchen Wind gehört. In meiner Wolkenwohnung entsteht ein sonderbarer Effekt. Alles bebt, die Wände, die Fenster, die Terrassentür. Und da ist ein Geräusch, ein lang gezogenes Geräusch, ein Heulen, wie von einem herumstreifenden Tier, nein, wie von einer ganzen Meute herumstreifender Tiere. Ich glaube, dass ich mich ein wenig in meinen Gedanken verirre. Manchmal stelle ich mir vor, dass es Sarahs Geist ist, der so bläst, Sarah, die sich rächen will, Sarah, die um Verzeihung bittet, Sarah, die kommt, um mir zu sagen, dass sie mich noch liebt.

Ich bleibe stundenlang auf der kleinen blassblauen Bank sitzen. Jeden Tag kaufe ich auf dem Weg dorthin eine Postkarte, die ich anschließend in der weißen Aprilsonne schreibe. Oder Maisonne, um ehrlich zu sein, weiß ich nicht mehr, welcher Tag es ist. Ich schreibe sie für sie, für Sarah. Adressiert an die Rue de la Liberté in Les Lilas, dort, so weit weg von hier. Ich werfe sie nicht ein. Ich behalte sie, stecke sie in meinen BH. Sie stützen mein schwankendes Herz. Nachts lege ich den kleinen Stapel auf das Tischchen neben dem Schlafsofa. Sie wachen über mich. All diese Postkarten, die ich dir schreibe, meine Liebste. All diese Postkarten, auf die ich am Ende immer dasselbe schreibe. Pass gut auf dich auf. Werde schnell wieder gesund.

Es kommt vor, dass ich ein wenig von meiner täglichen Runde abdrifte. Ich probiere Kleider in einem Geschäft an, treibe mich in Buchhandlungen rum, wo ich keinen einzigen Titel auf keinem einzigen Buch verstehe. Ich erinnere mich vage an mein vorheriges Leben, mein Pariser Leben, mit meiner Tochter, meinen Eltern, meinen Freunden, meiner Arbeit als Lehrerin. Manchmal weine ich wie ein Kind, von Schluchzern geschüttelt, auf dem Schlafsofa, das ich jeden Morgen penibel zusammenklappe, als wäre es der letzte Morgen, als würde ich aus Triest abreisen, zurück nach Frankreich, nach Paris, nach Hause fahren. Aber Lisa hat gesagt, dass sie fast nie hier sind, ich weiß, dass sie für lange Zeit nicht nach Triest kommen werden. Sie hat mir gesagt, ich solle den Schlüssel bei meiner Abreise in den Briefkasten werfen. Ich habe ihr gesagt, dass ich ein paar Tage bleibe und dann nach Mailand zurückkehren würde. Manchmal denke ich darüber nach, meine Sachen in den roten Rucksack zu packen, ratsch ratsch, zum Bahnhof zu gehen und ein Ticket nach Mailand zu kaufen, in den Zug zu steigen und in Mailand einen günstigen Flug nach Paris zu bekommen, vom Flughafen den RER zu nehmen und meine Tochter von der Schule abzuholen. Aber es übersteigt meine Kräfte. Meine Kräfte erlauben mir nur, jeden Tag auf die immer gleiche Weise zu begehen, Grapefruitsaft bis mir der Magen kaputtgeht, bis ich trunken vor Säure bin, die Beleidigungen gemeiner Möwen, der Spaziergang mit Sarahs Geist, der mir am Rockzipfel hängt, bis zu der kleinen blassblauen Bank am Hafen, das Picknick zwischen den Hallen mit zu salzigem Gebäck, der Rückweg, der billige Fusel bei dem alten Italiener im Caffè Erica, Spinatgnocchi und Blaubeerjoghurt, wenn ich die Kraft habe, mir etwas zu essen zu machen. Und die schrecklichen Nächte, die furchterregenden Nächte, mit dem Geheul, das nicht aufhört, das durch alle Ritzen dringt, dem Getöse des Windes, der, so scheint es, in mich eindringen will, in mein Innerstes, ein eisiger Wind mit schwarzem Atem, der blindwütig an die Fenster klopft, sich mir unter die schmutzigen Nägel schiebt, unter meine Haut.

24.

Es entgeht mir nicht, dass ich mein Gedächtnis verliere, dass ich nicht mehr weiß, welcher Tag es ist, dass ich nicht mehr weiß, was in jener Nacht geschehen ist. Ich sage Abzählreime auf, wie als Kind, um mein Gedächtnis zu trainieren. Ich bete wie einen Rosenkranz die Namen meiner Familienmitglieder runter. Ich singe alte französische Schlager, die mir im Gedächtnis geblieben sind.

Auf den alten Schienen des Marinehafens spiele ich Seiltänzer. Eines Tages falle ich der Länge nach hin, mein Arm schlägt auf einen Haufen Metallschrott und ein Splitter fügt mir eine tiefe Schnittwunde zu. Der Anblick des Blutes, das heraustropft, dann meinen Arm herabfließt, erinnert mich sofort an meine Tochter, an die ich seit Tagen nicht mehr gedacht habe. Daran erinnere ich mich, an das Blut im Mund meiner Tochter. Das Blut an ihrem Kinn, das Blut an ihren Fingerspitzen, das Blut an ihren winzigen weißen Zähnen. *Plut, Plut* überall, sagt sie. Und während ich mit ihr auf den Schultern durch den Schnee laufe, schnell, schnell, schnell, während ich versuche, nicht auf dem Bürgersteig auszurutschen, so schnell wie möglich zum Kinderarzt zu gelangen, der uns sicher schon erwartet, schweifen meine Gedanken ab. Das Jahrhundert war zehn Jahre alt, als sie geboren wurde, und ich zweiundzwanzig. Die Farbe und der Geruch ihres Blutes werden für mich immer der direkte Zugang zu ihrem winzigen Körper sein, der aus meinen Eingeweiden kam, zu dem Hummusgeruch ihres Kopfes, an den ich mich nicht mehr erinnere, den ich aber nie vergessen werde, zu der organischen Masse, die aus organischer Masse kam. Aus mir, der organischen Masse. Heftig blutend sitzt sie oben auf meinen Schultern, zwischen zwei Schneeflocken fallen Tropfen auf mein

Gesicht, weiß weiß rot weiß. Die Nacht bricht herein und meine eiskalten Hände halten ihre Waden fest, ich höre sie lachen, also lache ich auch, erleichtert. Wie viele Tage sind hier vergangen, ohne dass ich sie lachen gehört habe?

25.

Eines Morgens stürze ich mich gleich nach dem Aufwachen auf den Küchenschrank, in dem ich meiner Erinnerung nach mein Handy vergraben habe. Ich muss unbedingt Klarheit haben, muss wissen, ob sie noch am Leben ist oder nicht. Ich muss wissen, ob ich nach Hause kann, wieder ein normales Leben führen. Ob der Albtraum enden kann, Pause, Stopp, es ist vorbei. Ich öffne den Schrank, nehme die Töpfe heraus, grabe mein Telefon aus, überlege, dass ich es anschließen, den Code eintippen muss. Ich stelle mir den Moment vor, all die sorgenvollen Nachrichten, die das Ding zum Vibrieren, es mit endlosem Gepiepe um den Verstand bringen werden. Ich stelle mir die Stimmen meiner Eltern auf dem Anrufbeantworter vor, die Stimme des Vaters meiner Tochter, meines ehemaligen Lebensgefährten, Sarahs Stimme vielleicht, oder die von Personen, die Sarahs Leichnam gefunden haben, und ich halte in meiner Bewegung inne. Ich lege das Ding wieder in einen der Töpfe, stelle den anderen darauf, dann ändere ich meine Meinung, hole noch einmal die beiden Töpfe hervor, nehme das Telefon und das Ladegerät, laufe auf die Terrasse, achte nicht auf die gemeinen Möwen, werfe das Telefon über die Brüstung, mit einer schnellen Bewegung werfe ich es so weit, wie ich kann, ich sehe zu, wie es sich eine Weile in der Luft dreht und dann auf einem der ziegelfarbenen Dächer der Stadt, dort, weiter unten, zwischen mir und dem Meer zerschellt.

Auf einmal ist es dringend, ich muss im Meer baden. Ich weiß nicht, wie viel Zeit seit meiner Ankunft hier vergangen ist, ich weiß nicht, wie oft ich den gleichen Weg von der Wolkenwohnung bis zum alten Hafen gegangen bin, ich weiß nicht, wie viele Nachmittage ich dort verbracht habe, auf der kleinen blassblauen Bank, wo ich Reime aus meiner Kindheit aufsage, doch nicht einmal hatte ich Lust, zum Meer zu gehen, dessen malvenfarbene Präsenz mich doch seit dem Beginn meines Triester Lebens ruhig hält. Das Wissen, dass es existiert, dass zumindest das Meer lebendig ist, lässt mich abends einschlafen. Das Wissen, dass es da sein wird, wenn ich die Glastür zur Terrasse öffne, lässt mich jeden Morgen aufstehen. Das Wissen, dass es immer, immer da sein wird, was auch immer geschieht, was auch immer kommen mag, lässt mich weiterleben. An diesem Tag wird die Obsession stärker, ich denke den ganzen Tag daran. Ich werde unruhig auf meiner kleinen blassblauen Bank, stelle mir vor, wie es sein wird, das Meer zu riechen, ins Meer zu gehen. Ich frage mich, ob ich nicht dortbleiben kann.

Am Abend, fast ein wenig zu spät, laufe ich barfuß durch die Stadt, Gesprächsfetzen wehen aus den Fenstern. Ich lege mein Handtuch auf die Steine. Ich atme den ein wenig salzigen Schlammgeruch der Adria ein. Ich sehe leicht zitternde Vögel. Das Meer ist rosafarben wie der Himmel. Es ist nicht eindeutig, wer hier wen spiegelt. Ich gehe ins Wasser, einen Schritt nach dem anderen, langsam. Es steht mir bis zur Taille, als der Schlammgeruch mich überschwemmt und ich nicht mehr widerstehe: Ich tauche unter und schwimme ein ganzes Stück, ohne Luft zu holen, lasse mich gleiten. Als ich ein paar Meter weiter auftauche, bin ich mitten im Rosa. Kleine, konzentrische Kreise dehnen sich ohne Wellenschlag um mich aus. Auf dem Meer liegen wiegende Wogen, auf dem Meer liegt goldener Lack, ein leises Raunen, auf dem Meer liegt eine Haut wie auf lauwarmer Milch. 20.47 Uhr, Sarah ist tot und ich schwimme nackt im goldenen Rosa. 20.47 Uhr und das Meer ist wie die Haut am Bauch einer Frau, die mehrere Kinder geboren hat.

Daran erinnere ich mich, ich weiß, wie es ist. Ihre Stimme im Telefon, als sie mir verkündet, es sei so weit, sie habe keine Haare mehr, gar keine. Sie lacht beinahe, ihre Stimme klingt heiter, ihre hübsche Stimme der guten Tage, die Stimme der Liebe, die darauf besteht, dass sie mich nicht mehr liebt. Sie erzählt mir, dass die erste Behandlung die Nebenwirkungen hatte, die jeder kennt, die Nebenwirkungen, von denen die Ärzte gesprochen haben, sie beschreibt die Haare, die sie morgens zunächst vereinzelt auf dem Kopfkissen findet, die Haare, die dann büschelweise ausgehen, die Haare, die zuhauf in ihren Fäusten zurückbleiben, wenn sie versucht, einen Knoten zu binden, bevor sie auf die Bühne geht. Ich sage nichts am Ende der Leitung und es ist ihr egal, sie spricht weiter, sie kümmert sich nicht um mein Schweigen, sie erzählt von der Wahl ihrer Perücke und dann diese unerträgliche Szene. Daran erinnere ich mich, an meinen Schrecken, an meine Übelkeit und an die Hand, die das Telefon umklammert hält, verkrampft, krankhaft verkrampft, an meinen Mund, zu trocken zum Sprechen, obwohl ich ihr sagen will, dass sie aufhören soll, dass mich das alles quält, dass sie nicht das Recht hat, mich auf Abstand zu halten und mir zu sagen, dass sie mich nicht mehr liebt, und mir gleichzeitig diese grässliche Szene zu schildern, ich möchte schreien, dass sie eine Hexe ist, dass sie grausam ist, dass sie mich nun in Ruhe lassen soll, dass ich nichts mehr wissen will. Aber ihre Stimme fährt unbeirrt fort, sie lacht, sie sagt ach, war das lustig, weißt du, es war so lustig, dass wir es gefilmt haben, ich schicke dir das Video, wenn du willst, und ich dachte nein, nein, ich will nicht, sei still, meine Liebste, ich bitte dich, sei still, lass mich in Frieden, bitte. Ich erinnere mich, wie es ist, mein Herz, das langsamer schlägt, als sie mir erzählt, dass sie das mit den drei anderen aus dem Quartett gemacht hat, die sie auf einen Stuhl setzten, und sie die Augen schloss und sie mit den Scheren kamen, drei Paar Scheren in den Händen, die ihre Instrumente weggelegt hatten, ihre so geschickten und nun ungeschickten Hände, drei Paar Scheren, die ihr Haar attackierten, die blindlings drauflosschnitten, und sie lachten, das brachte sie zum Lachen, wie sie irgendwie herumschnitten, zuerst nur auf einer Seite, wie bei einer avantgardistischen Berlinerin, und dann hinten und nicht vorne, radikale Schnitte, und nach jeder Etappe ein Foto, und danach nahmen sie den Rasierer und schoren sie und dabei lachten sie, filmten die Szene und auf dem Video hört man sie lachen, sie schließt die Augen und sie wirbeln alle drei um sie herum, sie führen irgendein makabres Stück auf, mit ihren ungeschickten Händen, ihrem verrückten Indianerlachen, und der Rasierer sirrte auf Sarahs bald glattem Schädel. Ich erinnere mich an ihr Gesicht am Ende des Videos, das, wie sie es versprochen hatte, in meinem Posteingang auftauchte, und dass ich mich nicht davon abhalten konnte es anzuschauen, ich erinnere mich, wie es ist, ihr bereits ein wenig gelbes Gesicht, so scheint mir, ihre Augen, die in die Kamera schauen, ihre Augen mit den hängenden Lidern, der lächelnde Mund, das Lachen, das ich nicht verstehe, das mir wie ein Elektroschock durch den Körper fährt, das ich lieber nie gesehen und nie gehört hätte, dieses Lachen, das mich erschüttert.

26.

Beim Aufwachen tut mir alles weh. Jeden Tag werden die Schmerzen größer. Auf meinem Körper lastet oft schwer die Sehnsucht nach ihrem Körper, nach dem

Kontakt ihrer Haut, nach unseren Fingern, tief im Innern der anderen versenkt, nach unseren kleinen verschränkten Händen. Und dann diese Müdigkeit, die mich nicht mehr verlässt, seit sie tot ist. Verzeihung, seit ich gegangen bin. Ich werde nie wieder ruhig schlafen. Die Erschöpfung meines Körpers und zugleich seine Zähigkeit, durch Zufall entdeckt, die Fähigkeit, jeden Tag stundenlang zu laufen, fast ohne zu essen, ohne zu trinken zu überleben. Wenn ich zurückgehe, sofern ich es schaffe, darf ich nie die wiedergefundene Kindheit vergessen, die ich hier, in Triest, entdeckt habe. Den kleinen Garten, den ich mit zartgrünen Bäumen teile, die einem Haufen Singvögel als Sitzplatz dienen. Das Haus an der Straßenecke, neben den Wahlplakaten, das Haus an der Ecke mit einer rostfarbenen Seite und einer Seite in verwaschenem Beige. Das Blech überall, die Holzstreben, die den Garten einzäunen. Die Kiesel und die auf den Kieseln zertretenen Blütenblätter. Ich reise in die Vergangenheit. Es ist, als wäre ich wieder fünf Jahre alt, es ist, als könnte ich die Liebe spüren, die meine Eltern füreinander empfinden. Hier, auf diesem kleinen Stückchen Nichts am anderen Ende der Welt, finde ich den Frühling meiner Kindheit wieder. Die unendliche Süße des Tees, den wir im Garten an den alten Möbeln aus Weißblech trinken, an dem runden Tisch und auf den vier Stühlen neben den drei ziegelroten Stufen, die zum Garten hinaufführen, zu dem wild wachsenden Wein, der saure Trauben gibt. Und die Festessen in dem kleinen Garten im Pariser Umland, diese Festessen, bei denen mir erst jetzt klar wird, dass es Feste waren, zweifellos mit Erdbeeren zum Nachtisch, in einer Schüssel wie aus geschliffenem Kristall, rosafarbenem geschliffenem Kristall, zweifellos mit Erdbeeren zum Nachtisch, dazu Minze oder Orangenblüte, und dem Saft, der ein wenig auf die weißen Teller auf der weißen Tischdecke tröpfelt. Ich frage mich, was es jenen, die eingeladen waren, bedeutete, am Sonntag bei meinen Eltern zum Mittagessen eingeladen zu sein. Ich frage mich, wie das war, für meine Eltern, in jenen Jahren, ob es die *guten* Jahre waren. Ich laufe durch die Triester Straßen, immer die gleichen, als ob es nur einen möglichen Weg durch diese Stadt gäbe, ich denke nur noch an die Schüssel, die aussah, als wäre sie aus rosafarbenem Kristall, an die Schüssel, in der meine Mutter an Festtagen ihren Erdbeersalat machte, wenn der Frühling kam.

Warum liegt hier die verlorene Zeit? Ist es das, was ich hier suche? Es war unüberlegt zu gehen, das Kind und meine Arbeit zurückzulassen, so plötzlich einen Flug und einen Wagen bis in diese Stadt zu nehmen, die niemandem etwas sagt. Und wenn es deswegen war? Und wenn ich deswegen hierher verschwunden bin, weil es niemandem etwas sagt? Diese Stadt mache ich zu meiner, dieses kleine Stück Land mache ich zu meinem, dieses Leben mache ich zu meinem. Ohne dich bin ich immer noch ich, ohne dich ist es immer noch Frühling, ohne dich ist es immer noch das Leben, das pocht wie Blut in einer zusammengepressten Ader. Habe ich das wirklich getan, bin ich fortgegangen, um stundenlang auf einer kleinen blassblauen Bank zu verharren? Ich werde ein Wort für die Farbe dieser Bank finden. Sie ist nicht blau, nein, nicht wirklich blau. Wie deine Augen, weißt du, meine Liebste, deine Augen mit den hängenden Lidern, die nicht grün sind. Oder von einem unvorstellbaren Grün. Die kleine blassblaue Bank. Ich werde in Triest bleiben und das ganze Leben lang auf dieser Bank schreiben, das ganze Leben lang Dinge über Sarah schreiben. Und über die Rückkehr in die Kindheit. Eine Packung *taralli*, ein Stift. Schreiben, schreiben. Ich trage jeden Tag den gleichen Pulli, die gleiche Hose, wozu etwas anderes anziehen? Der Gesang der Triester Vögel. Das ist mal ein guter Titel für einen Roman. Der Gesang der Triester Vögel, das Geräusch der Schläge gegen das Blech, die Rufe der Kinder, die den ganzen Himmel füllen. Wie überall sonst, und doch ist es nicht wie überall sonst. Wie macht man das eigentlich? Das Leben nach Gebrauchsanleitung. Das Schreiben oder das Leben. Ich bin verrückt nach der Sonne, die mir meine Beine durch die Jeans wärmt und mich daran hindert, die Seiten des Heftes richtig zu sehen, in das ich zwanghaft schreibe. Einen Roman über die leeren Stunden eines Nachmittags in Triest.

Der Wirt des Caffè Erica und ich sind uns mittlerweile vertraut. Er sagt nichts, grüßt mich nur mit einem Kopfnicken, einem Nicken mit seinem glatten Schädel, wischt sich gemächlich die Hände an seinem ewigen schwarzen Hemd ab, dreht sich um hinter seinem winzigen Tresen, mixt mir einen Spritz und bringt ihn mir, immer das gleiche Lied pfeifend, ein Lied, das ich schließlich wiedererkannt habe, das ich am Anfang aber nicht einordnen konnte. Je mehr Tage vergehen, desto mehr Alkohol gibt er in den Spritz, je mehr Tage vergehen, desto mehr trägt er zu meiner Ernährung bei, als ob er wüsste, dass ich nur *taralli* esse und an besonderen Abenden manchmal Spinatgnocchi. Anfangs brachte er mir ein paar Oliven und eines Abends dann eine Untertasse, auf die er ein Stück Brot mit Pastete gelegt hatte. Ich mag das nicht besonders, aber ich war gerührt und aß es. Am nächsten Tag fand ich das Schüsselchen mit den Oliven und die Untertasse mit zwei Scheiben Brot vor. Manchmal beinahe richtige Sandwiches mit italienischem Schinken. Eines Tages, nachdem ich gestammelt hatte, dass ich glaube, dass ich Geburtstag habe, brachte er mir ein winziges Stück Torte, ein Stück Torte wer weiß woher, ekelhaft, mit einer alten, bereits benutzten Kerze darauf. Das traditionelle Lied auf den Lippen, stellte er es vor mich hin, mit meinem Spritz, den er mir zur Feier des Tages spendierte, und ich musste weinen. An dem Abend ging ich so betrunken wie nie nach Hause, hatte Schwierigkeiten, die Tür zur Wolkenwohnung zu finden, ich schaffte es nicht, auf den Knopf des alten Aufzugs zu drücken, also ging ich zu Fuß hoch, kletterte ich weiß nicht wie die Stufen hoch, fast auf allen vieren, mit der Lust, wie ein Wolf den Mond anzuheulen, meinen Kummer herauszuheulen, meine Einsamkeit, meinen Wahnsinn.

Ein Albtraum. Ich gehe durch die Straßen von Triest, durch die Straßen, die ich so gut kenne, die Straßen, die ich jeden Tag nehme. Meine Straßen. Der gepflasterte Spazierweg zwischen duftenden Ästen, die amerikanische Malerin, die sich jeden Tag auf dem Bürgersteig einrichtet, wenn ich gerade vorbeikomme, die ihre Staffelei aufstellt, ihre Farbnäpfe, ihre Palette, und sich mit einem Strohhut auf dem Kopf in einen Korbstuhl setzt, um zu malen, während sie mit den Passanten plaudert, und ich werde so gerne langsamer, um zu hören, wie sie mit ihrem wunderbaren Louisiana-Akzent Italienisch spricht, der Zeitungsverkäufer, der mich stets grüßt, und den Zettel, den ich eines Tages an seinem Schaufenster entdecke und auf dem steht, dass er dichtmachen wird, die Kirche unten und die Veilchen, die auf der Allee dorthin wachsen, der Fahrradhändler mit dem schönen Salz-und-Pfeffer-Bart, und sein Angestellter, der ein wenig mit mir flirtet, die Nachbarn, die ich wiedererkenne, ohne sie zu kennen, der Motorradfahrer mit den schönen Augen, die brünette Mama von dem blonden Mädchen, das Paar, dem ich immer im Spar begegne, die Großmutter und ihr kleiner Hund, die Frau, die ich für die Leiterin des Kindergartens halte, und ihr Freund. Mir sticht ein Plakat an einer der Mauern ins Auge. Ein Plakat für ein Konzert von Sarahs Streichquartett in Triest. Ich schaue perplex auf das Datum, lese dreimal den Namen der Stadt, den Namen des Quartetts, ich starre auf die vier wohlbekannten Gesichter, vor allem auf das ihre, ihr Totengesicht. Ich verstehe nicht, wie sie zulassen konnte, für das Plakat eine Aufnahme machen zu lassen, als sie schon krank war. Ich verstehe nicht, wie sie alle Welt sehen lassen kann, dass sie sterben wird, dass sie tot ist. Ihren kahlen Schädel, ihren gelben Teint und ihre lange schwarze Konzertrobe. Ich setze meinen Weg fort, entlang der Strecke, die ich jeden Tag gehe. Ich begreife, dass der Besuch des Streichquartetts das Ereignis der Stunde ist, dass überall Plakate hängen. Ihr Gesicht schaut mich an jeder Ecke an. Schon fast am Meer stürze ich auf eine Wand zu, an der nebeneinander drei Plakate hängen, was mich wahnsinnig macht, und ich greife nach den Ecken des ersten, ziehe mit aller Kraft, das Papier entgleitet mir und gibt schließlich nach, ein riesiger Fetzen bleibt zwischen meinen Fingern zurück, ich werfe ihn zornig auf die Erde und mache weiter, grabe meine Finger in die Ziegelmauer, um mehr und mehr von dem Papier mit ihren lächelnden Gesichtern abzureißen, ich zerreiße ihre Instrumente, ein großer Fetzen Violoncello, ein großer Fetzen des Anzugs des Bratschisten, ich reiße und reiße, ich führe einen erbitterten Kampf gegen die Mauer, bemerke nicht, dass ich Gipsstücke unter den Nägeln habe, dass meine Fingerspitzen bluten, dass meine offene Haut rote Streifen auf dem widerspenstigen Papier zurücklässt, dass sich um mich herum eine Menschenmenge gebildet hat. Ein Mann legt seine Arme um mich, brüllt auf Italienisch Worte, die ich nicht verstehe, ich will nichts wissen, ich muss ihr Gesicht von den Triester Mauern tilgen, sie hat hier nichts zu suchen, sie darf nicht in diese Stadt kommen, zuerst ist es meine Stadt und dann ist sie tot, sie existiert nicht mehr.

27.

An manchen Tagen ist das Erwachen am Morgen leichter, weniger schmerzhaft, fast habe ich gute Laune. Ich öffne weit die Terrassentür, um die Wohnung zu lüften. Ich lasse mir ein Bad ein, krame in den Schränken im Bad und stoße auf alte Kosmetikprodukte aus den Sechzigerjahren, die ich ins Badewasser schütte, um so zu tun, als ob. Ich tauche ins lauwarme Wasser ein, das nach altem, verblasstem Parfum riecht, und bleibe lange Zeit darin sitzen, mit schwerelosem Körper, endlich ein wenig entspannt. Ich winkele die Beine an und tauche mit dem Kopf unter Wasser, meine Haare bilden an der Oberfläche einen Vorhang, ich sehe die Decke des Badezimmers nicht mehr. Meine Ohren füllen sich mit Wasser und endlich höre ich nichts mehr, nichts mehr von der Welt da draußen. Ich höre nur noch das Geräusch meines schlagenden Herzens, bin allein mit mir selbst. Ich hole noch einmal tief Luft, bevor ich mich auf den Wannenboden sinken lasse, ich versuche, jedes Mal ein wenig länger unter Wasser zu bleiben, den Vorhang aus Haaren so spät wie möglich zu öffnen, um Luft zu schnappen, erst wenn ich fühle, dass das Herz tief in meinen Ohren zittert, wenn es nicht mehr so hartnäckig schlägt, wenn es aufhört, das lächerlich zuverlässige Metronom zu geben. Es gefällt mir, fast am Ersticken zu sein, zu fühlen, dass die charmante Spieluhr auf einmal zerbrechen könnte, dass es reichen würde, sich ein wenig anzustrengen, nur ein wenig länger unter Wasser zu bleiben, vielleicht ein paar Sekunden und es würde reichen. Wie schick es doch wäre, in den Dämpfen der überdauerten Pflegeprodukte des alten Herrn zu enden. Ein nach Veilchen duftender Tod, was meinst du, meine Liebste? He, ich spreche mit dir. Schlampe.

Dem Wirt im Caffè Erica versuche ich zu erklären, dass das Heulen, das ich manchmal beim Aufwachen höre, wirklich merkwürdig ist, dass es mir Angst einjagt, dass ich ja nicht wirklich an Geister glaube, es auf mich aber den Eindruck macht, dass mich jemand Totgeglaubtes heimsucht, und ich erröte sicher ein wenig, als ich das sage. Er versteht mich nicht gleich, da wir normalerweise nicht miteinander reden, er begnügt sich sonst damit, mir meine Brote mit Pastete auf der Untertasse zu bringen, und ich mich damit, sie zu essen, ich lege das Geld für den Spritz auf den Tisch und stehe wortlos auf, ich fühle seinen Blick in meinem Rücken, wenn ich die Straße zur Wolkenwohnung hinaufgehe. Er bittet mich, etwas genauer zu sein, wie ist das gemeint, das Heulen, aber mir fehlen die Wörter, um ihm das Phänomen zu beschreiben, also beginne ich zu heulen, ahuuuuuuu, ahuuuuuuuuu, er schaut mich verwundert an, es entsteht eine Pause und dann bricht er in Lachen aus, er sagt, aber das ist die Bora, meine Kleine, das ist die Bora, und er erklärt es mir, alles auf Italienisch, aber ich verstehe ihn, es ist wie ein Wunder, *è la bora, piccola*, das ist die Bora, der Wind, der verrückt macht.

Ich räume ein wenig die Küche auf. Ich zeige Haltung, die Tage müssen schließlich überstanden werden, und ich schlafe nachts immer weniger, will immer früher zum Hafen aufbrechen. Ich kann nichts mehr frühstücken, sobald ich die Augen aufschlage, spüre ich heftige Übelkeit, und ich schlage die Augen jeden Tag ein wenig früher auf. Manchmal ist es noch Nacht draußen, ich weiß, dass ich nicht mehr werde einschlafen können, bleibe mehrere Stunden lang auf dem Rücken liegen und starre die Decke an, während ich den Wind heulen höre, ich weiß, dass es nicht der Wind ist, sondern du, Sarah, die das Gebäude anheult, ich weiß, dass du mich gefunden hast und nicht in Ruhe lassen wirst. Ich habe Angst, auf die Terrasse zu gehen, und das, obwohl ich gern zusehen würde, wie die Sonne über Triest aufgeht, wie sie auf einmal das Meer beleuchtet, das aus dem Indigo auftaucht, um sein gewöhnliches blaues Kleid überzustreifen, sein Tageskleid, ich möchte die Denkmäler zählen, die ich kenne, zuhören, wie die ersten Fensterläden aufgehen, all das betrachten, noch bevor die Möwen kommen, die mich hassen. Den Vögeln voraus sein, das ist es, was ich möchte. Aber dein Heulen hält mich auf der schlechten Matratze des Schlafsofas, du klopfst an die Fenster und ich stelle mich tot, rühre keinen Finger, ich imitiere die Pose, die du eingenommen hast in jener Nacht, in Les Lilas.

Eines Morgens bist du nicht gekommen, der Wind hat mich nicht um vier Uhr morgens geweckt, und so beschließe ich, die Küche aufzuräumen. Es gibt nicht viel aufzuräumen, aber ich wische alles ein wenig mit einem alten Lappen ab, lege meine Lieblingsutensilien an ihren Platz zurück, schrubbe die Spüle. Neben dem Plattenspieler stoße ich auf die Hülle der Schallplatte. Ich stelle fest, dass es eine Doppelplatte ist. Seit meiner Ankunft höre ich *Die Forelle* in Dauerschleife, morgens nach dem Aufstehen drücke ich automatisch auf den Knopf, der die Platte abspielt, und jeden Abend, wenn ich nicht zu betrunken zurückkomme, sodass ich seit unzähligen Tagen zweimal am Tag das flotte Quintett höre, und nie habe ich bemerkt, dass eine zweite Platte in der Hülle liegt. Ich lege sie auf das Abspielgerät. Die ersten Töne erklingen. Der Klang verbrennt mich sofort. Ich erkenne das Stück wieder. Es ist ein Streichquartett. Ich beginne zu zittern, mein ganzer Körper ist wie gelähmt. Ich schaffe es, die Hülle umzudrehen, meine verrückten Augen suchen zwischen den italienischen Zeilen den Hinweis auf die zweite Platte, die ich beim ersten Mal nicht gesehen hatte. Da steht es. Wie ist es mir nur gelungen, das nicht zu bemerken, als ich bei meiner Ankunft die Platte gefunden habe? Da steht es, schwarz auf weiß, ich höre ein Streichquartett von Schubert.

28.

Ich renne die Stufen runter, nehme mir nicht die Zeit, auf den alten Aufzug zu warten, werfe mich geradezu die Treppe runter, dann die abfallende Straße, ich renne, um den Tönen zu entkommen, um endlich Schluss zu machen. Im Caffè Erica lege ich eine Vollbremsung hin, grüße den Wirt mit einem Kopfnicken, wie jeden Abend, er scheint nicht überrascht, mich so früh am Tag zu sehen, zu der Zeit, wenn ich für gewöhnlich zu meiner kleinen Bank pilgere. Ich selbst bin überrascht, Leute auf der Terrasse seines Cafés zu sehen, wo doch nie jemand da ist, wenn ich meinen Spritz trinke, Leute, die glücklich wirken und frühstücken. Ich setze mich, ein wenig aus der Fassung gebracht, weil mein üblicher Platz von einem jungen Paar mit Sonnenbrillen besetzt ist. Der Wirt fragt Café, Spritz, ich sage Spritz, ich muss trinken, auch wenn die Stadt gerade erst aufgewacht ist, ich muss trinken, um die ersten Takte zu vergessen.

Das Quartett heißt *Der Tod und das Mädchen*.

Erst später, viel später, als es fast Mittag ist, was ich bemerke, weil die Leute aus den Geschäften kommen, um zu Mittag zu essen, wird mir die Katastrophe klar. Man hat mir meine Tasche geklaut. Es war nichts darin, nur mein Portemonnaie und ein paar Blätter, die ich auf der kleinen blassblauen Bank beschrieben habe. Der Stapel Postkarten für Sarah ist in meinem BH, die Schlüssel zur Wolkenwohnung in der Tasche meiner Jeans. Aber ich habe kein Portemonnaie mehr. Kein Geld, keine Kreditkarte mehr. Ich gerate außer mir. Ich schiebe die Leute an den anderen Tischen zur Seite, suche mit den Augen den Dieb, spreche Passanten auf Französisch an, haben Sie vielleicht meine Tasche gesehen, bitte, helfen Sie mir, ich flehe Sie an. Ich beginne zu brüllen, nie gehörte Töne kommen aus meinem Mund, ich denke, dass ich nicht nach Hause kann, nicht meine kleine Tochter in die Arme schließen kann, nicht wie eine Süchtige den zugleich süßen und salzigen Geruch ihres Halses einatmen, nicht meine Eltern wiedersehen, sie beruhigen, zurück in die Schule zu meinen Schülern gehen kann. Meine Kreditkarte ist die Lösung für all das, der verzauberte Gegenstand, der mir erlaubt, innerhalb von ein oder zwei Minuten ein Flugticket zu kaufen, Triest zu verlassen, ins Leben zurückzukehren. Der Wirt des Caffè Erica sagt, dass er mich zur Polizei begleiten werde, mir helfen, Anzeige zu erstatten, ich murmele leise nein, das ist nicht nötig, ich habe dazu nicht die Kraft, ich habe für nichts mehr Kraft, er insistiert, er sagt, dass ihm das noch nie passiert sei und dass er mich nun gut kenne, sich an mich gewöhnt habe. Er sagt das alles in einem Gemisch aus Französisch und Italienisch, tätschelt mir gleichzeitig den Kopf und ich breche in seinen kräftigen Armen zusammen wie ein Kind, weine an das schwarze Hemd gelehnt, an dem er sich jeden Abend die Hände abwischt, bevor er mir einen Spritz serviert, ich rieche seinen Geruch nach Schweiß und altem Mann, mir ist danach, ihm alles zu erzählen, von Anfang an, beginnend mit der Verhexung durch Sarahs grüne Augen.

Ich tue nichts, ich bleibe den ganzen Tag regungslos auf der Terrasse sitzen. Er bringt mir Spritz, Brote mit Pastete, er bietet mir jede Stunde an, die Bar zu schließen und mich zur Polizei zu begleiten, ich lehne mit einem Kopfschütteln ab, er tätschelt mir das Haar, bringt mir Taschentücher, mit denen ich mich lautstark schnäuze, ich weine mit lang gezogenem Klagen, ich weine still, irgendwann tut mir vom Weinen alles weh, ich spreche mit Sarah, hör auf, mich so anzustarren, verdammt, wenn du glaubst, dass ich mich nicht schäme, ich könnte sterben vor Scham, dieses Spektakel auf der Terrasse des Caffè Erica zu veranstalten, ich könnte sterben vor Scham, aber ich weiß nicht mehr, was ich tun soll, ich weiß nicht mehr, wohin ich gehen soll, der Hafen ist zu weit, ich bin zu müde, die Wolkenwohnung ist nicht mehr vorstellbar, dort sind der Tod und das Mädchen, ja klar, lach doch, wenn du willst, ja, kannst ruhig lachen, aber zitterst du etwa nicht, wenn du sie hörst, diese fünf Wörter, der Tod und das Mädchen, denn ich nicht, nein, ich höre sie und bekomme Lust, aus dem Fenster zu springen, über die Brüstung der Terrasse zu steigen, den schönsten Kopfsprung meines Lebens hinzulegen, ich bekomme Lust, zugleich in den Triester Himmel zu kommen und in das triste Meer.

Ich sage schließlich nein danke zu einem letzten Spritz, entschließe mich, in die Wolkenwohnung zurückzukehren. Der Wirt des Caffè Erica sagt, dass er mir natürlich alles spendiere, was er mir an diesem Tag gebracht habe, und dass ich weiterhin jeden Abend für meinen abendlichen Spritz kommen dürfe, wie vorher, bis ich eine Lösung gefunden hätte, dass ich es ihm später zurückzahlen könne. Er schreibt mir seine Telefonnummer auf einen Kassenzettel, als nur noch wir beide da sind, als er die Abrechnung macht, wie jeden Tag, als ich ihm zuschaue, wie jeden Tag, vollkommen niedergeschlagen. Voller Entsetzen drehe ich den Schlüssel im Schloss, in der Hoffnung, die Platte möge aufgehört haben zu spielen. Ich entschließe mich, das Schlafsofa nicht aufzuklappen, sondern im Bett von Lisas Großvater zu schlafen, im rosa Kitschzimmer, in der Pralinenschachtel mit dem riesigen runden Fenster. Ich lasse mich auf das Bett fallen, bin überrascht zu fühlen, wie mein Körper in die weiche Matratze sinkt. Ich genieße das tröstliche Nestgefühl. Eingehüllt in dem riesigen Bett, eingekuschelt in diesem moltongefütterten, verlorenen Zimmer. Ich will mich nicht mehr bewegen. Die Wände schwanken, die naiven Motive der Toile-de-Jouy-Tapeten tanzen vor meinen Augen, ich muss mich fast übergeben, aber mein Körper hat es so bequem, dass ich nicht aufstehen kann, ich schließe die Augen, versuche, langsam zu atmen, das Schauerballett der Hirten und Hirtinnen an den Wänden und an der Decke zum Stillstand zu bringen, Sarahs Stimme zum Schweigen, die ich unter meiner Schädeldecke höre und die mich fragt wer ist das, der Tod und das Mädchen, hmm, wer ist das, bist du das oder bin ich das?

Die Bora ist ein katabatischer Wind, der durch das Gewicht einer kalten Luftmasse entsteht, die ein geografisches Relief hinunterfällt. Es handelt sich um einen starken Wind, der vom Golf von Venedig aus auf die Stadt Triest zueilt. Seinen Ursprung hat er in einem Kaltluftausbruch, der sich im Winter in den Hoch-

ebenen von Slowenien bildet, die Hänge des Küsten-
reliefs hinabfließt und dabei Geschwindigkeiten von
durchschnittlich 50 bis 80 km/h aufnimmt, mit Böen,
die oft mit 180 km/h Triest erreichen. Die Bora ist nach
Boreas benannt, dem Gott, der in der griechischen My-
thologie den Nordwind personifiziert. Sie kann *borin* genannt werden, wenn sie leicht ist, eher sanft, *boron*, wenn
sie ein wenig stärker ist, *borazza*, wenn sie sehr heftig
ist, *bora chiara*, helle Bora, wenn sie an einem klaren Tag
weht, und *bora scura*, dunkle Bora, wenn sie an einem
Tag mit bedecktem Himmel weht. Stendhal, der in Triest
Konsul war, hat geschrieben: »Ich nenne es starken Wind,
wenn man unablässig damit beschäftigt ist, seinen Hut
festzuhalten, und Bora, wenn man Angst haben muss,
sich den Arm zu brechen.« Im Jahr 1830 wehte sie so
stark, dass es in Triest zwanzig Bein- und Armbrüche
gab. An mehreren Orten in der Stadt sind Ketten mon-
tiert, an Straßenecken, um es den Passanten zu erleich-
tern, um die Kurve zu kommen, sich festzuhalten. Aufrecht zu bleiben.

29.

Am nächsten Morgen massiere ich in der Badewanne mit den eierschalenfarbenen Fliesen lange jeden
Teil meines Körpers, in dem Versuch, Leben in meine
toten, totengleichen Glieder zu bringen. Ich sage das
Einmaleins auf, habe Schwierigkeiten, über die Drei

hinauszukommen, ich versuche es mit den Fabeln von La Fontaine, halte mich an Bekanntem fest. Ich habe Angst vor mir selbst. Ich will mich an das erinnern, was geschehen ist, in jener Nacht in Les Lilas. Ich weiß, dass wir uns geliebt haben, das schon, aber danach. Ich habe wieder den Blutgeruch in der Nase, der mir überallhin folgt. Es scheint mir, dass der Plattenspieler sich von allein in Gang setzt und *Der Tod und das Mädchen* durch die Wohnung schallt. Ich schaffe es nicht, aus der Badewanne zu steigen, um nachzusehen. Ich weiß nicht, was ich tun soll. Mit übermenschlicher Anstrengung hieve ich mich aus dem Veilchenwasser, trockne mich ab, ziehe Jeans und Pulli über, immer das Gleiche, und laufe bis zur kleinen blassblauen Bank. Ich bin erschöpft. Ich schlafe sofort ein, ausgestreckt auf der Bank, meine letzte Zufluchtsstätte, mein Versteck im Versteck, meine Flucht in der Flucht.

Der Rückweg ist anstrengender als je zuvor. Im Spar warte ich auf den Gruß des Verkäufers, der mich gut kennt, und grüße zurück. Mit den Augen suche ich nach den Überwachungskameras. Zum ersten Mal werde ich nichts kaufen, ich habe Angst, dass er etwas ahnt, er, dem ich alle zwei Tage etwas abkaufe, seit einer Ewigkeit oder beinahe, genau das Gleiche. Grapefruitsaft, Spinatgnocchi, Blaubeerjoghurt. Manche Frauen haben angeblich Schwangerschaftsgelüste, ich habe anscheinend Traurigkeitsgelüste. Wenn ich etwas hinunterbekomme, dann nur diese Nahrungsmittel. Ich laufe die Gänge des Ladens auf und ab, weiß nicht recht, wie ich es anstellen soll. Ich lasse meinen Blick schweifen und eine Packung Gnocchi in die Tasche meines taupefarbenen Anoraks gleiten. Auf Französisch grüßend gehe ich hinaus, beschämt, denke, dass er mir dadurch auf die Schliche kommen wird, durch mein fehlendes *arrivederci*. Aber der Kassierer sagt nichts, er lächelt mich nur an, ich denke, dass das beunruhigend einfach war, und dann, um mich zu beruhigen, dass mir zum jetzigen Zeitpunkt keine Wahl bleibt, nun, da ich kein Geld mehr habe. Endlich auf der Straße, fange ich dennoch an zu rennen, laufe ohne anzuhalten am Caffè Erica vorbei, ich schäme mich so sehr, dass es im Bauch brennt, dass es überall brennt.

Die folgenden Tage verlaufen ähnlich. Ich bin wie eine alte Frau, ich brauche mehr als einen halben Tag, um zu meiner kleinen Bank zu kommen, und einmal dort, falle ich in komatösen Schlaf. Wenn ich wieder hochlaufe, ist es fast Nacht, ich stehle beim Spar und mache nicht mehr beim Caffè halt, kehre in die Wohnung zurück, den ganzen Körper von einem unerklärlichen Schmerz erfasst. Ich habe Schüttelfrost, Kopfschmerzen, dass ich den Schädel gegen die Wand schlagen möchte. Ich versuche, ein wenig zu schreiben, jeden Tag ein paar Wörter, um einen klaren Kopf zu bewahren. Aber ich erinnere mich an nichts, ich kann nicht mehr sagen, welcher Tag ist, welcher Monat. Das Gesicht meiner Tochter verblasst nach und nach in meinem Kopf. Ich sehe nur noch Sarahs Brüste, ihre so schönen und so kranken Brüste, die sie umbringen werden, die es geschafft haben, dass ich sie umgebracht habe, und über ihren Brüsten Sarahs Augen, ihre Schlangenaugen, und dann ihre Totensilhouette, darauf eine Krone aus Magnolien.

Das Quartett in d-Moll mit dem Titel *Der Tod und das Mädchen* wurde im März 1824 von Franz Schubert geschrieben. Es wurde erst nach seinem Tod veröffentlicht. Die Ausführung des Quartetts dauert etwa vierzig Minuten. Es besteht aus vier Sätzen: *allegro, andante con moto, scherzo* und *presto*. Der zweite Satz, das Andante, ist eine Serie von fünf Variationen eines Themas aus einem Lied für Gesang und Klavier von 1817. Der Text dieses Liedes stammt aus einem Gedicht von Matthias Claudius.

Das Mädchen:
Vorüber! Ach vorüber!
Geh wilder Knochenmann!
Ich bin noch jung, geh Lieber!
Und rühre mich nicht an.

Der Tod:
Gib deine Hand, du schön und zart Gebild!
Bin Freund, und komme nicht, zu strafen:
Sei gutes Muts! Ich bin nicht wild,
Sollst sanft in meinen Armen schlafen.

Ich erinnere mich, wie es ist, ihre Stimme am Telefon, als sie weit weg war, in einem anderen Land, in einer

anderen Stadt. Wie süß es war zu wissen, dass sie existiert, den *Beweis* dafür zu haben. Ich denke nur noch daran. An die Spuren, die Beweise, den Körper. Wieder an
die Körper. Aber vor allem, vor allem an das *Greifbare*.
An das, was man berühren kann, solange man es noch
kann. Berühren, streicheln, zerkratzen, solange man
noch kann.

30.

Die ganze Zeit Schüttelfrost, sobald ich mich ein
wenig bewege. Also bewege ich mich nicht mehr, so einfach ist das, ich bewege mich nicht mehr. Ich schwänze
den täglichen Weg zur kleinen blassblauen Bank. Ich
schwänze den Spritz im Caffè Erica, ich schwänze den
Spar, den Blaubeerjoghurt, den ich klaue, wenn der Kassierer wegschaut. Ich schwänze das Leben. Mir ist kalt,
mir ist viel zu kalt, und die heißen Duschen brennen
mir die Haut weg, ohne mich wirklich aufzuwärmen.
Ich tue mir ständig weh, stoße mich, schneide mich un-
geschickt und mein Blut spritzt auf die weiße Wand, ich
kratze mich mit meinen eigenen Nägeln auf. Ich hole
mir blaue Flecken. Ich falle hin, schlage mir die Fresse
ein. Wenn ich nur meinem guten Stern dort die Fresse
einschlagen könnte, nur ein bisschen, um zu schauen,
was passiert, oder einfach irgendjemandem. Marseille
ist ein bisschen weit weg, ein bisschen zu weit weg, auch
wenn ich jeden Tag an das Schwindelgefühl bei all dem

Meer und all dem Licht denke, als ich noch nicht wusste, dass sie sterben würde.

Ich verschanze mich im Zimmer, im rosafarbenen Zimmer des alten romantischen Herrn, dem Zimmer der koketten Dame, in dem sicher nie eine Dame gewesen war, dem Zimmer mit dem runden Fenster und dem großen vergoldeten Spiegel. Ich habe Schmerzen, solche Schmerzen, im ganzen Körper. Jede Bewegung tut weh.

Ich liege mit angezogenen Beinen im Bett, in der Mulde der Matratze und warte. Ich habe nicht mehr die Kraft aufzustehen, es ist vorbei. Die Stunden vergehen, ich sehe es am Licht, das vergeht und wiederkehrt. Eine Nacht. Ich mache ins Bett. Ich habe nicht mehr die Kraft, zur Toilette zu gehen. Ich liege mit geschlossenen Augen da, mit trockenem, so trockenem Mund, und dem Blutgeschmack auf den Lippen. Zwei Nächte. Ich höre nicht mehr die Böen der Bora, des verrückten Windes, die Geräusche der Straße, die italienischen Worte, die Reifen der Autos, die am Anstieg quietschen. Ich höre nur noch die Platte von Schubert, die weiterzulaufen scheint, dort, in der Küche, weiter und weiter, unermüdlich, als drücke dein Geist auf *replay*, sobald das Quartett verstummt ist. Ich höre nur noch das Schlagen meines Herzens, in einem Rhythmus, den ich noch nie gefühlt habe, einem sehr schnellen Tempo, *con fuoco*. Es pocht in meinen Ohren, in meinen Handgelenken, es pocht in meinem Geschlecht und tief in meiner Kehle. Ich bin nur noch ein Pulsieren, mein ganzer Körper schlägt im

Takt, einen wilden Rhythmus, ein virtuoses Ding. Drei Nächte, glaube ich. Am Ende wird es vielleicht Tag werden. Ich habe solchen Durst. Nichts tut mehr weh. Ich fühle nichts mehr. Ich sehe nur noch das Rot hinter meinen geschlossenen Lidern, rote Formen, die im Rhythmus flackern. Systole, Diastole, Systole, Diastole, Systole, Diastole, bumm bumm bumm bumm bumm bumm, genau so, immer schneller, bummbumm bummbumm bummbumm, immer schneller, immer schneller, immer schneller, wie ein Lied, das im Dämmerlicht verklingt.

Neue Literatur in der Frankfurter Verlagsanstalt
(eine Auswahl)

Sven Amtsberg. SUPERBUHEI
Roman
„*SUPERBUHEI* ist eine makabre und dunkel schimmernde
Ode an die Tristesse des Kleinbürgerlebens und gleichzeitig
eine von mal leiserem, mal lauterem Humor getragene Pro-
blemstudie eines Mannes in der Krise."
HAMBURGER ABENDBLATT

Claire Beyer. REFUGIUM
Roman
„Ein spannender Roman, der sich zur Geschichte einer Frau
entwickelt, die sich selbst sucht. Gefunden hat sie am Ende
sehr viel mehr, als sie vermisste: ihr Selbstbewusstsein und die
Kraft dazu." FRANKFURTER ALLGEMEINE ZEITUNG

Britta Boerdner.
AM TAG, ALS FRANK Z. IN DEN GRÜNEN BAUM KAM
Roman
„Drei ereignisreiche Tage in einem Dorf am Ende eines Jahr-
zehnts. Präzise beobachtet und atmosphärisch dicht aus un-
terschiedlichen Perspektiven erzählt. Weit entfernt am Hori-
zont zeichnet sich so etwas wie eine neue Zeit ab." WDR2

Nora Bossong. GEGEND
Roman
„*Gegend* ist eines der überzeugendsten Erzähldebüts des so-
eben vergangenen Jahres." FRANKFURTER RUNDSCHAU

Nora Bossong. WEBERS PROTOKOLL
Roman
„Ein Roman voller literarischer Untiefen und menschlicher Abgründe, der nicht allein für kommende Bücher ihrer Generation eine unübersehbare Wegmarke setzt."
<small>DEUTSCHLANDFUNK</small>

Anne Brannys. EINE ENZYKLOPÄDIE DES ZARTEN
„Eines der schönsten Bücher dieses Herbstes."
<small>DEUTSCHLANDFUNK</small>

Hans Christoph Buch. TUNNEL ÜBER DER SPREE
Traumpfade der Literatur
„Es sind kenntnisreiche Chroniken der deutsch-deutschen Literaturszene, die zugleich neue literarische Zugänge zur Welt offenlegen." <small>DEUTSCHLANDRADIO KULTUR</small>

Hans Christoph Buch.
REISE UM DIE WELT IN ACHT NÄCHTEN
Roman
„Ein mal satirischer, mal politischer Abenteuerroman und einmal mehr der Beweis, dass zwischen zwei Buchdeckeln eine ganze Welt zu entdecken ist." <small>B5 AKTUELL</small>

Hans Christoph Buch.
BOAT PEOPLE. LITERATUR ALS GEISTERSCHIFF
Berner Poetikvorlesung
„Buch macht mit seiner assoziativen Entdeckungsreise längst versunkenes Kulturgut sichtbar. Wer hätte gedacht, dass sich in einem Buch über Geister- und Totenschiffe eine solch philosophische Erkenntnis versteckt." <small>3SAT KULTURZEIT</small>

Hans Christoph Buch.
BARON SAMSTAG ODER DAS LEBEN NACH DEM TOD
Roman
„Autobiographische Maskeraden, historische Vexierspiele, politisch-polemische Interventionen, krasse Kontrafakturen, bildungsbefrachtete Kaperfahrten – all das bietet die Prosa dieses Autors." Frankfurter Allgemeine Zeitung

Hans Christoph Buch. ELF ARTEN, DAS EIS ZU BRECHEN
Roman
„Hans Christoph Buchs Bücher sind Schatzkisten, prall gefüllt mit Geschichten aus fernen Ländern, Zeugen seiner ungezähmten Fabulierlust." Deutschlandradio Kultur

Hans Christoph Buch. TOD IN HABANA
„Zweifellos, dieser fluide Text ist eine aberwitzige Travestie, eine durch und durch respektlose Burleske, die vom Stilwillen ihres Autors immer wieder gebändigt wird." Die Welt

Lasha Bugadze. DER ERSTE RUSSE
Roman
„Lasha Bugadze gelingt es, georgische Zeitgeschichte und Fiktion geschickt miteinander zu verknüpfen." WDR5

Lasha Bugadze. LUCRECIA 515
Roman
„Ein glänzend unterhaltsamer, greller, frischer und ja: saukomischer Roman!" Wiener Zeitung

Lasha Bugadze. DER LITERATUREXPRESS
Roman
„Schelmisch und selbstironisch, satirisch und sehr lustig: Bugadze hat Talent für humoristisch überzeichnete Szenen und einen Sinn fürs Absurde." Der Tagesspiegel

Ruth Cerha. TRAUMRAKETE
Roman
„Ruth Cerhas Erzählstil zeugt von virtuoser Leichtigkeit bei gleichzeitig großer Sprachgewalt – so entstehen wunderbare Bilder." BLOG BUCHREVIER

Ruth Cerha. ZEHNTELBRÜDER
Roman
„*Zehntelbrüder* ist ein zeitgemäßer Familienroman, ein Kaleidoskop moderner Verhältnisse, in denen Bindungsängste ebenso zu finden sind wie der Glauben an eine tiefe innere Verbundenheit." BÜNDNER TAGBLATT

Ruth Cerha. BORA. EINE GESCHICHTE VOM WIND
Roman
„Bildstark, sinnlich und mit einem überaus musikalischen Grundton spürt Cerha den Sehnsüchten und Ängsten zweier Enddreißiger hinterher." STUTTGARTER ZEITUNG

Nicolas Dickner. DIE SECHS FREIHEITSGRADE
Roman
„*Die sechs Freiheitsgrade* ist ein irrer Lesespaß, der einen mit sprachlicher Raffinesse – brillant übersetzt von Andreas Jandl – und veritablen Spannungsbögen glänzend unterhält."
DEUTSCHLANDFUNK

Nicolas Dickner. NIKOLSKI
Roman
„Dickners Blick auf die Welt ist subversiv." DEUTSCHLANDFUNK

Mareike Fallwickl. DUNKELGRÜN FAST SCHWARZ
Roman
„Wenn es ein Buch gibt, das unter all den Neuheiten herausragt, dann ist das *Dunkelgrün fast schwarz*. Hier stimmt einfach alles, von der ersten bis zur letzten Seite." BLOG MASUKO13

Margaux Fragoso. TIGER, TIGER
Roman
„Es ist ein schockierendes Buch, das die Amerikanerin Margaux Fragoso über ihre jahrelangen Erfahrungen mit einem Pädophilen geschrieben hat. *Tiger, Tiger* verharmlost nichts, beschönigt nichts. Ein Triumph des Erzählens über das Schweigen. Ein Triumph der Literatur."
Frankfurter Allgemeine Sonntagszeitung

Anna Galkina. DAS NEUE LEBEN
Roman
„*Das neue Leben* ist ein Roman über Migration – unter anderem. Er beschreibt auch die Höhen und Tiefen im Leben einer jungen Frau. Und das auf eine wahrlich gelungene Weise." Cicero

Anna Galkina. DAS KALTE LICHT DER FERNEN STERNE
Roman
„Romantisch verspielt, schonungslos brutal, absurd komisch."
SWR2

Ernst-Wilhelm Händler. WENN WIR STERBEN
Roman
„Ernst-Wilhelm Händler vollzieht in seinem raffinierten Roman nichts Geringeres als die feindliche Übernahme der deutschen Gegenwartsliteratur. (...) Wenn es noch Zweifel geben sollte, ob Ökonomie überhaupt literaturfähig sei, dann sind sie hiermit endgültig entkräftet."
Frankfurter Allgemeine Zeitung

Christa Hein. DER GLASGARTEN
Roman
„Christa Hein ist eine Seelenmalerin, die sich auf das Legen literarischer Hochspannungsleitungen versteht. Gekonnt verschränkt sie Familiendrama, Liebesaffären und Krimi."
Brigitte Woman

Nino Haratischwili. DIE KATZE UND DER GENERAL
Roman
„Nino Haratschwili ist eine zupackende und furchtlose Erzählerin. Sie hat die Gabe, Figuren und einer Szenerie mit wenigen Sätzen Kontur und Lebendigkeit einzuhauchen. Nichts Menschliches ist dieser Autorin fremd. Nino Haratischwili bereichert die deutschsprachige Literatur um eine aufregende Stimme, deren Echoräume bis weit in den Osten reichen."
NZZ AM SONNTAG

Nino Haratischwili. DAS ACHTE LEBEN (FÜR BRILKA)
Roman
„Die Geschichte des europäischen Jahrhunderts als georgische Familiensaga erzählt. Wie hat sie das gemacht? Deutscher Roman des Jahres. Phänomenal."
FRANKFURTER ALLGEMEINE SONNTAGSZEITUNG

Nino Haratischwili. MEIN SANFTER ZWILLING
Roman
„Nino Haratischwili hat das Zeug zur neuen Heldin der zeitgenössischen deutschen Literatur. Mein sanfter Zwilling ist ein Text von beinahe klassischer Wucht: Erst liest er sich wie ein Krimi, dann wie ein Familiendrama, später wie eine romantische Liebesgeschichte – und schließlich wie ein Kriegsepos."
LITERARISCHE WELT

Zoë Jenny. BLÜTENSTAUBZIMMER
Roman
„Es ist ein verstörender Text, klar und einfach geschrieben und doch von einer vielleicht noch etwas naiven, poetischen Kraft – hier ist nichts gekünstelt, es liest sich ein wenig wie ein Tagebuch, und doch schwebt darüber schon der Blick der Schriftstellerin, die aus dem Stoff, den sie hat, mehr macht als ihn bloß nachzuerzählen." ELKE HEIDENREICH, WDR

Fee Katrin Kanzler. STERBEN LERNEN
Roman
„Sterben Lernen ist eine intensive Reise zwischen den Genres mit vielen Überraschungsmomenten." Radio Fritz rbb

Tanja Kinkel. GÖTTERDÄMMERUNG
Roman
„Der ‚weibliche Noah Gordon' hat einen brisanten Wissenschaftsthriller in bester Crichton-Tradition verfasst."
Abendzeitung

Bodo Kirchhoff. DÄMMER UND AUFRUHR
Roman der frühen Jahre
„Bodo Kirchhoff hat eine Selbsterforschung geschrieben, die den Weg vom Körper hin zu einem sprachlichen Ausdruck ausmisst. Das ist ein Wagnis, das aufgegangen ist. Im Gesamtwerk von Bodo Kirchhoff steht *Dämmer und Aufruhr* nun wie ein dunkles Energiezentrum. Wer sich mit diesem Autor beschäftigt, kommt an diesem Buch nicht vorbei."
Deutschlandfunk

Bodo Kirchhoff. WIDERFAHRNIS
Novelle
Ausgezeichnet mit dem Deutschen Buchpreis 2016
„Bodo Kirchhoff ist ein Meistererzähler; sein Widerfahrnis trifft uns alle." Literarische Welt

Bodo Kirchhoff. VERLANGEN UND MELANCHOLIE
Roman
„Bodo Kirchhoff ist auf der Höhe seiner Kunst angelangt, ein souveräner Meister in der Beherrschung seiner Mittel. Das ist es, was man gemeinhin als Virtuosität bezeichnet."
Frankfurter Allgemeine Zeitung

Bodo Kirchhoff. DIE LIEBE IN GROBEN ZÜGEN
Roman
„Ein fulminantes Buch über die Menschen von heute und über das, was sie umtreibt, verstört, weiterbringt, überleben lässt, über die Liebe also – in groben Zügen."
DENIS SCHECK, ARD DRUCKFRISCH

Bodo Kirchhoff. WO DAS MEER BEGINNT
Roman
„Das ist so scharf beobachtet, so witzig, dramaturgisch geschickt und spannungsreich erzählt, da erweist sich Kirchhoff auf der Höhe seiner Kunst." FRANKFURTER ALLGEMEINE ZEITUNG

Bodo Kirchhoff. PARLANDO
Roman
„Ein fabelhafter Erzähler, ein großartiger Schriftsteller, eine grandiose Episode nach der anderen!" MARCEL REICH-RANICKI

Bodo Kirchhoff. INFANTA
Roman
„Es ist ein spannendes Buch, das den Leser so in die Gegenwart der Erzählung hineinzieht, dass er die eigene Zeit vergisst. Etwas Selteneres lässt sich von einem deutschen Roman kaum sagen." FRANKFURTER ALLGEMEINE ZEITUNG

Sabine Kray. DIAMANTEN EDDIE
Roman
„Eddie erscheint als Hochstaplerfigur vom Kaliber eines Felix Krull. Vor- und Rücksprünge in der Chronologie, lebendige, glaubwürdige Dialoge und das differenzierte Einbetten der großväterlichen Biographie in den zeitgeschichtlichen Rahmen lassen *Diamanten Eddie* zu einem psychologisch facettenreichen Buch werden." FRANKFURTER ALLGEMEINE ZEITUNG

Helmut Kuhn. GEHWEGSCHÄDEN
Roman
„Der Roman ist ein Zeitdokument, das einen tiefen Blick in die Seelenlage von Berlins kreativer Mitte wirft. Mit seinen starken Szenen und abrupten Wechseln erinnert *Gehwegschäden* an Döblins *Berlin Alexanderplatz*. Die Illusionen sind dahin, aber der Witz noch nicht, mit dem sich die Kreativen Tag für Tag durchs Leben schlagen." RBB Stilbruch

Ulla Lenze. DIE ENDLOSE STADT
Roman
„Ulla Lenze hat in ihrem enorm gegenwärtigen Großstadtroman eine Sprache für die Verwirrung zwischen Nähe und Ferne, Kunst und Kapitalismus gefunden. *Die endlose Stadt* ist die Zeichnung einer globalisierten Epoche, in der die Differenzen in einer universalen Warenwelt eingeebnet sind, gleichzeitig aber die sozialen Unterschiede immer bedrängender werden." KulturSpiegel

Ulla Lenze. DER KLEINE REST DES TODES
Roman
„Ein lebensgesättigter, gleichwohl lyrischer Roman, der in jene Räume vordringt, die zu betreten am schwersten sind. Dort nämlich kann man etwas entdecken, das ungeheuer fragil, instabil, unfassbar, transzendent ist: das eigene Ich."
Deutschlandfunk

Demian Lienhard.
ICH BIN DIE, VOR DER MICH MEINE MUTTER GEWARNT HAT
Roman
„Von den Jugendunruhen 1980 an den Platzspitz: Demian Lienhard lässt in seinem hinreissenden Debütroman eine Drogensüchtige erzählen. Eine solche Stimme hat man in der Schweizer Literatur noch nicht gehört: frech und verzweifelt, schräg und kühn." NZZ

Mathias Menegoz. KARPATHIA
Roman
„Der Roman bietet große Landschaften und große Gefühle."
FRANKFURTER ALLGEMEINE ZEITUNG

Karoline Menge. WARTEN AUF SCHNEE
Roman
„Karoline Menge variiert in ihrem erstaunlichen Debüt ein bekanntes Sujet: zwei Menschen alleine in einer feindlichen Umwelt." DEUTSCHLANDFUNK KULTUR

Thomas Martini. DER CLOWN OHNE ORT
Roman
„Der Erzählstil Martinis ist schön, ambitioniert und virtuos. Es gibt eine Vielzahl einzelner, zum Teil kleinster Episoden oder Eindrücke, die für sich strahlen." HR INFO

Sylvia Plath. DIE BIBEL DER TRÄUME
Erzählungen
„Gerade durch diese Texte, die noch nicht wie in Stein gemeißelt dastehen, erfährt man viel über die literarische Begabung Sylvia Plaths. Ihre Art zu arbeiten, Übergänge zu gestalten, Motive zu entwickeln. Eine beeindruckende Bandbreite an Stimmen und Stimmungen, Wut, Zartheit, Sarkasmus, Sehnsucht nach Liebe, Freundschaft, Vertrauen." NEUE ZÜRCHER ZEITUNG

Sylvia Plath. ZUNGEN AUS STEIN
Erzählungen
„Joachim Unselds Frankfurter Verlagsanstalt macht die beiden Erzählbände *Die Bibel der Träume* und *Zungen aus Stein* wieder zugänglich. Plath besticht darin mit ihrem unverkennbaren kühlen Prosa-Stil. Er erinnert an den jungen Philip Roth und Salinger." LITERARISCHE WELT

Titel der Originalausgabe
ÇA RACONTE SARAH
© 2018 by Les Editions de Minuit, Paris

Die Übersetzerin dankt dem Deutschen Übersetzerfonds
für die Förderung dieser Arbeit.

Ouvrage publié avec le concours du Ministère français
chargé de la culture – Centre national du livre.
Mit Unterstützung des französischen Kulturministeriums –
Centre national du livre.

Dieses Buch erscheint im Rahmen des Förderprogramms
des französischen Außenministeriums, vertreten durch
die Kulturabteilung der französischen Botschaft in Berlin.

Deutsche Erstausgabe
© der deutschen Ausgabe
Frankfurter Verlagsanstalt GmbH, Frankfurt am Main 2019
Alle Rechte vorbehalten
Herstellung und Umschlaggestaltung: Laura J Gerlach
unter Verwendung eines Umschlagmotivs von © ioseph/iStockphoto.com
Motto: Zitat aus Annie Ernaux, »Die Jahre«,
übersetzt von Sonja Finck, Suhrkamp 2017, und aus Louis Aragon,
»Les Lilas«, übersetzt von Sina de Malafosse,
Zitat aus William Shakespeare, »Ein Sommernachtstraum«, übersetzt
von Frank Günther, Deutscher Taschenbuchverlag GmbH & Co. KG 1995
Satz: psb, Berlin
Druck und Bindung: GGP Media GmbH, Pößneck
Printed in Germany
ISBN 978-3-627-00266-4